KB139251

근황

-k에게

꼰대로 살았으니 꼰대가 되는 거
나이 먹어 더 늙을 일만 남은 거
사막의 초기 기독교인들처럼
어떻게 늙지 않을 수도 없고
기도를 하든 사나흘 금식을 하든
나이 먹고 더 늙어도 늙지 않기를!
어느 평론가의 말을 빌리면
삶이란 개새끼가 되어 가는 것!
일주일에 한 번씩 술을 마시고
이틀은 집콕하며 누워 지내고
3주 연속 줄줄이 내리 마시고
누워 있다 보면 늙어 가는 것도 아니고
개새끼가 되어 가는 것도 아니고
시인이 되어 가는 것도 아니고
헛헛한 웃음이 되어 가는 것도 아니고
이 외로움만 더 낯설어지는 거

시가 되는 순간

ⓒ강세환, 2020

1판 1쇄 인쇄__2020년 12월 05일
1판 1쇄 발행__2020년 12월 15일

지은이__강세환
펴낸이__양정섭

펴낸곳__예서
　　　　등록__제2019-000020호

제작·공급__경진출판
　　　　사업장주소__서울특별시 금천구 시흥대로 57길 17(시흥동) 영광빌딩 203호
　　　　전화__070-7550-7776　팩스__02-806-7282
　　　　홈페이지__http://https://mykyungjin.tistory.com
　　　　이메일__mykyungjin@daum.com

값　10,000원
ISBN　979-11-968508-4-5　03810

시가 되는 순간

예서의시 012

시가 되는 순간

강세환 시집

차례

근황

제1부

제2부

제3부

제4부

제1부

봄, 꿈

꿈에 〈광해〉 같은 왕이 나타나
정치적 현안에 대해 중신들과 맞장을 떴다
어느 대륙의 고위 공직자처럼
꼭두새벽부터 트위터 날리는…
〈더 라스트 캐슬〉의
어윈 장군 같은 지휘관을 만나는
봄, 꿈꾸다
유럽 어느 현직 수상 취임 일성처럼
기득권 해체해 버리겠다는…
조선 왕조의 어느 임금처럼
글 모르는 백성이
어가(御駕)를 가로막는 것을 허락한…
유월 어느 날 아홉 시 뉴스 끝나고
영화 〈1987〉
다시 한 번 천천히 틀어줬으면
봄, 꿈

길동무

등산모를 쓴 남자 둘이서 걷고 있었다
앞의 남자는 왼쪽 팔이 허리춤에 걸려 있고
뒤의 남자는 앞의 남자를 뒤따르고 있었다
앞의 남자는 왼쪽 다리도 불편했다
나는 그들의 속도를 앞지르지도 못하고
맨 뒤의 3번 남자가 되어 걷고 있었다

다시 등산모 1번 남자와 2번 남자 사이엔
등산모자 두 개만한 간격으로 띄어져 있었고
등산모 2번 남자와 3번 남자 사이엔
팔을 쭉 뻗으면 닿을 만한 간격이었다
2번과 3번은 팔을 뻗을 만한 사이는 아니었다
암튼 등산모 남자 1, 2와 남자 3은
그렇게 길동무가 되어 길을 걷고 있었다

이번엔 야구 모자를 쓴 4번 남자가
등산모 2번과 남자 3번 사이에 불쑥 끼어들었다
2번과 3번은 남자 4번을 중간에 끼워주었다
남자 1번, 남자 2번, 남자 4번과
나까지 남자 넷이서 이렇게 걷고 있었다

나는 모자를 푹 눌러 쓰고 있었다
모자 넷이서 한 줄로 걷고 있었다

그때 5번 남자는 게송을 읊으며 뒤쫓아오고 있었다
그의 걸음은 4번 남자를 따르는 게 아니었다
그는 처음부터 5번 남자가 아니었다
그는 그냥 중절모였고 말하자면 1번 남자였다
그는 처음부터 그들과 줄이 달랐다
수락산 이 산책길에서 시인 김종삼을 만났던
오늘의 소사(小史)를 혼자 기록하고 지우다

물안개의 향방

저 안개라도 한 입 가득 물고 있어야 할 것만 같다
안개가 없으면 맹물이라도 한 입 가득 물어야 할 것 같다
맹물이 없으면 침이라도 삼켜야 할 것 같다

−좀 잊고 살아도 될 것: 원통사 삼층보탑 낙성식, 상봉~동
해 고속철도 승차권 예매율, 21대 4월 총선 지역별 정당 득표
율 및 의석수, 지난 밤 꿈자리, 남신의주 강우량, 독일 뮌헨 불
이선원 불사 소식, 3월 소비심리 지수, 차기 대선주자 지지율,
1980년대 시인들의 동정…

없던 안개가 잠시 안개가 되기 위해 입에 가득 물었던 맹물
을 또 뱉어내거나
능선의 잔설이라도 녹여 바람의 어깨에 얹어 놓고 후후 날
려보내야 하겠다
안개가 후후 날다 한쪽으로 휩쓸려 몰려가는 새벽엔
시린 손을 맨가슴에 쓰윽 집어넣듯 다시 저 능선에 손이라
도 뻗어
이번엔 안개의 등이라도 흔들어 안개를 떠밀어내야 한다
안개여 어서 가렴!

더러는 떠밀려서 또 강변을 떠도는 물안개가 되거나
가난한 시인의 집 창문 앞에서 머뭇거리거나
도처에 노숙인처럼 숨죽인 채 숨어 사는 안개가 되거나
몇몇은 새벽부터 물안개에 취해
서로 말을 높였다 낮췄다 하면서
귀 기울여 엿듣다 보면
말을 높이는 자는 계속 높이고 말을 낮추는 자는 계속 낮
추고

취한 것과 취하지 않은 것과 또 높은 것과 낮은 것도
안개가 한번 쿵쿵거리며 무슨 짐승이라도 된 것마냥
한 호흡하고 나면
물안개는 바위를 삼키거나 눈앞의 빽빽한 풍경이 되거나
마침내 동해 먼 바다의 높은 파도가 되거나
안개의 힘이 닿지 않는 계곡의 나직한 물소리가 된다

어떤 말도 못하는… 이 저녁에

나는 다시 헛바닥을 입천장에 갖다 붙여야 할 것 같다
개구즉착 혹은 잠시 좌망(坐忘)
어디 서울 근교 졸음 쉼터라도 다녀와야 할 것도 같다
불여조사 시무사인(佛與祖師 是無事人)이라고 했건만
부처를 만났다 부처와 헤어졌으니
조사를 만났다 조사와 헤어졌으니
새로 시작한 화성시 발안공단 친구네 편의점에 다녀와야
할 것 같다
　－친구야 그 많은 담배 상표 다 외웠나?
다시 저녁마다 중랑천변을 다녀야 할 것도 같다

트위터든 페북이든 카톡이든 뭐든 해야 할 것 같다
그러나 시인의 필드는 오직 노트북뿐이다
아무리 다짐하고 외쳐도 그들의 속도를 따라갈 수 없다
그들의 무대는 나의 무대가 될 수 없다
다시 노트북의 바다를 헤매고 다녀야 하고
어느 날엔 마침표 하나 때문에 헛수고도 해야 할 것 같다
(헛수고!)

다시 남의 페북도 트위터도 기웃거려 보았지만

16

내가 굳이 알려야 할 사연이나 사진은 없는 것 같다
(내 문자는 왜 씹고 씹는 걸까? 누가?)
손등에 핀 검버섯 한 점 한 점 살펴보던 이 저녁
이젠 무엇을 해도 크게 빛나지도 않을 것 같고
무얼 열심히 해도 크게 달라지지 않을 것 같다

예전엔 200자 원고지 한 뭉치만 있어도 피가 끓었다
이젠 피가 끓어도 200자 원고지는 없다
이젠 나 외롭다 하고 어디 가서 말 한 마디 못하는
(괴롭다는 말도 못하는…)
어디 가서 소주 두어 병 값없다는 말도
어떤 말도 못하는… 이 지루한 저녁에

수첩 생각

죽은 이의 흐릿한 전화번호도 끼워 놓았다
볼펜으로 빡빡 지웠어도 남아 있었다
단풍 한 잎도 입을 다물고 있었다
수첩을 펼쳐 놓고 낮잠 든 적도 있었다
저 유리창을 마구 흔들던 뭇 바람은
달빛이 내려올 즈음 자리를 비켜 준 적도 있었다
수첩엔 그런 것도 드문드문 박혀 있었다
또 수첩 주인의 식성을 알 수 있는
김칫국 묻은 페이지도 간간이 눈에 띄었다
세상 뜬 조부모의 음력 기일도 눈에 띄었다
수첩은 마치 그의 자서전과 같았고
그도 그 수첩에 많이 의지했으리라

남에게 빌려준 돈은 기록하지 않았어도
남에게 빌린 돈은 그 시각까지 꼼꼼히 적어 놓았다
몇 줄 겨우 쓰다만 손편지도 있었다
맞춤법은 틀려도 그의 심성을 엿볼 수 있었다
수첩을 속옷더미 속의 속옷들보다
더 은밀히 보관했다는 것도 그의 성품이었으리
수첩엔 달빛이나 김칫국과 전화번호만 있는 것도 아니었다

시청에 다니던 조카가 말없이 끼워 놓고 간
현금 봉투도 오롯이 있었다
그 봉투는 끝내 아무도 열어보지 않았다

수첩에 적힌 이름과 그 많은 전화번호들은
결코 그들을 위한 것은 아니었다
그것은 그들도 알고 나도 알고
가끔 창문을 두드리거나 담장을 넘었던 도둑들도 알고 있
었다
어느 돈 많은 회사의 50년 역사나
어느 지체 높은 저명인사의 회고록이나
어떤 왕조의 역사적 유물이나
내가 고개를 뚝 떨어뜨리고 쓴 시도
누구를 위한 것인지
한번쯤 생각하게 하는 빼곡한 이 수첩의 속사정

웃기

그냥 웃어도 좋고 옷이라도 벗고 웃어도
좋다 한겨울이면 찜질방에서도 좋고
가을이면 김종삼 시비 곁에서 웃어도 좋다
바람소리 들리면 바람소리 다 듣고 나서
웃어도 좋고 바람소리랑 같이 웃어도 좋다
지나가는 개를 붙잡고 같이 웃어도…
웃을 땐 가급적 웃기만 할 것 ㅋㅋ
시도 잠시 웃고 시인도 잠시 웃어볼 것
옛 전우나 옛 직장 동료들과 함께 웃고
어젯밤 산책길에 3초 동안 눈 마주쳤던
길고양이랑 웃고 오롯이 또 웃기만 할 것
(위의 '웃기'를 '잊기'로 바꿔 버릴까?)

술 없이 웃어도 좋고 목련 지면 목련과
같이 웃어도 좋다 웃어도 좋고 웃지 않아도
좋다 누가 봐도 웃어도 좋고 누가 보지
않아도 웃어도 좋다 낮잠 자고 일어나
웃어도 좋고 설거지 하다 잠시 웃어도 좋다
(위의 '웃어도 좋다'를 '울어도 좋다'로 바꾸어도 좋다)

결국 울어도 좋고 웃어도 좋다는 뜻?
울고 싶으면 울고 웃고 싶으면 웃고
저 산도 저 바다도 저 허공도 어쩔 수 없다
웃어도 울어도 누가 한번 돌아보겠는가?

웃음도 울음도 삶의 진면목 같은 것
수돗물 좀, 쫌, 더 틀어 놓고 웃어보아도 좋고
울어도 좋다
웃음과 울음은 아무도 모르는 내연 관계쯤?
우울과 울음은 또 무슨 관계?
웃기와 잊기는 또?

시인들은 남의 시를 얼마나 읽을까

시인들은 남의 시를 얼마나 읽을까
절필한 시인이야 모르겠지만
펜을 움켜쥐고 있다면 남의 시를 얼마나 읽고 있을까
간혹 동도 제현으로부터 받은
따끈따끈한 신간 시집을 얼마나 읽어 볼까
(차라리 차나 한잔 권할까?)

도로명 주소와 우편번호 확인하고
스카치테이프로 꽁꽁 동여매서 보내 놓고
일주일 지나 또 이주일 지나
(다음 시집 나올 때까지?)
얼마나 읽었는지 일일이 물어볼 수도 없고…

지난해 세밑 12월 마지막 날 오후
내 시집 『면벽』을 통독했다는
나직이 잘 다가왔다는…
강릉 오면 커피 한잔 대접하겠다는
모 시인의 전화를 받았다
(깜놀!)

이런 전화 한 대여섯 통화 줄지어 받았으면 싶어라*
통화 끝에 시인들끼리 위로하며 살자고 했다
끊고 나니 좀 거시기 한 것 같았다
(근친상간하며 살자?)

 ─그럼 각자 커피 한 잔씩 들고 그대는 강릉에서… 나는 강
릉 밖 남한강 하류쯤에서…
 마셔! 마셔!
 한 잔 더!
 그냥 뚝 뚝 떨어져 외롭게 살자?

*미당

보이지 않는 것
-2020년 3월 28일 오후 함께 산행한 s에게

수락산 산행에서 (남 몰래) 철쭉 한 줄기 툭 꺾어
주머니 속 깊은 곳에 넣어 왔다
쪼그만 철쭉이 호주머니 밖으로
손끝이라도 내미는 것 같아 철쭉을 움켜쥐고 왔다
(자! 다 왔다 조금만 기다려라)
식구들 보라고 식탁 위에 놓아뒀지만
방금 제 식구들 떠나온 녀석이
어떻게 금세 남의 식구가 되겠느냐?
그렇다고 제 식구들을 다 데려올 수도 없고…
그때 철쭉이 향하던 창밖으로
목련 한 송이가 내 눈에도 왈칵 쏟아졌다

그날 인적이 드문 아주 늦은 시각
낮에 눈여겨보았던 목련 한 줄기를 툭 꺾어
철쭉 옆에다 나란히 앉혀 놓았었다
하룻밤 서로 또 눈 마주치다 보면
제 식구도 잊고 제 식구처럼 지낼 것 같았다
철쭉도 시들고 목련도 잎을 다 떨어뜨린 날
이 철쭉도 이 목련도 사라져 버린 날
식탁도 예전처럼 깔끔하고 단정하였다

그러나 눈에 보이던 것은 더 보이지도 않고
눈에 보이지 않던 것이 보이기 시작하였다
그게 뭘까?
그게 뭘까?

이 철쭉이나 목련처럼 눈에 보이는 것만 주섬주섬 모아 시
를 만들곤 했었는데
저 철쭉이나 목련처럼 이제 눈에 보이지도 않던 것이
아 시가 되는 순간이었다
시의 순간

총 맞은 것처럼*

새벽녘 운동장에 내리던 눈송이 몇 개
주차장 옆엔 견고한 모과나무 한 주 홍매화 몇 그루
화단 앞에 우두커니 서 있던 꽃 사과나무
3층 층계참에서 보이던 개척교회 간판
층계참을 내려와 보면
옛날 약수터 가던 숨이 가쁜 언덕길
멀리서 뻐꾸기 울음소리 들리던
○○동 산 16-38
주문하면 곧바로 내놓던 분식집 잔치국수
도시락 배달하던 작은집 여자
배꽃이 피면 배꽃 천지였던
그러다 겨울바람이라도 불면 황량한 벌판 같던
운동장 귀퉁이엔 남의 집 묘지도 있던
그 무덤은 저기 떠도는 구름이 되었고
떠도는 구름은 문구점 앞의 개울물이 된 듯
또 남의 땅이 운동장을 가로지르던
내 청춘을 가로지르던
총 맞은 것처럼

*백지영

26

물 먹은 인사들의 정경

아직 종쳤다고 생각하지 않는 구순의 늙마
혼자 배드민턴 치던 중년 여자
국회의원 후보 경선에서 후배한테 밀려 탈락한 5선 현역
의원
이번 학기부터 자기 시간 없어진 시간강사
아직 보지 못한 거돈사지 당간지주
무허가 간이주점의 얼굴 마담

첫눈 쌓인 백지 위에 여자 이름 커다랗게 써 놓은 남자
작년에도 밭을 통째 갈아엎은 농사꾼
약수터에서 물마시던 불법 체류자
출판사에서 되돌아온 원고를 바라보던 중견 시인
냉수 한 컵 또 한 컵 마시던 중년 여자
여기 한 사람 추가요 아직 접지 못하고 시 쓰는 일에 골몰
하는 소위 한국시 제작 영세 자영업자

4월 초하루

벌써 4월 초하루다
그 무엇보다 오늘의 시를 써야 하는데
시의 첫 줄은 하늘의 신이 내려준다고 했던가
그럼 4월 초하루는 신의 말씀인가
아님 신의 말씀인 첫 줄을 띄우고
둘째 줄과 셋째 줄 사이 이 행간은?
저 빗소리를 끌어다 나란히 세워놓는다
넷째 줄과 다섯째 줄 사이는
앞집 강아지라도 데려다 놀게 하자
다섯째 줄과 여섯째 줄의 행간엔
얼음 창고에서 얼음을 한줌 훔쳐다 놓아본다

어제는 3월 말이라 시를 한 편 썼고
오늘은 4월 초하루라 또 시를 한 편 썼네
3월 말과 4월 초하루 이 행간 사이
이 봄비와 저 봄비가 섞여 있었네
이 빗소리는 빈집 마당처럼 숙연한 채 있었으리라
하루라도 시 없이는 못 살 것 같네
하루를 살기 위해 하루의 시를 써야 했네
하루 또 하루 사는 거!

하루 또 하루 쓰는 거!

그 하루와 그 하루 사이
내 것도 아니고 결코 네 것도 아닌
어제의 시를 오늘 저녁에 탈고하고 또 산책하고
오늘의 시를 오늘 밤에 쓰면서
밥도 먹고 문자도 주고받는다
나의 시도 나의 하루도 A4 한 장 속에 다 들어 있었네
나도 당분간 이곳에 머무를 것 같네
그럼 내내 건필하시길~!

오늘의 문답

마음을 다 준 적 있었나요?
-네
한 달 치 봉급 털어 본 적 있나요
-네
최근에 눈물 흘린 적 있었나요
-네
혹시 요새 춤을 춘 적 있었나요
세상 뒤엎을 생각한 적 있나요
고정 관념을 뒤엎은 적 있나요
조폭 아는 자 있나요
-네
근래 노래방 간 적 있었나요
시 낭독회 참석한 적 있나요
음주 운전한 적 있나요
고(故) 김남주 시인 만났던 적 있나요
-네
어디서?
-출소 직후 작가회의 사무실 앞에서

그 남자

-p를 위하여

그 남자가 나무처럼 우두커니 서 있었다

실제로 그 남자는 나무숲에서 살았다

그 남자는 바위가 되었다

그는 바위 하나를 껴안고 살았다

그는 북쪽을 동경했다

그는 내몽골이나 북녘에 관심이 많았다

그 남자는 기차를 훔쳤다

그는 시베리아를 달리는 기차가 되었다

그는 젊은 날부터 진보 진영에 있었다

그는 말하자면 좌파 쪽이다

그 남자는 명예를 중시하였다

그가 명퇴한 이유였다

그는 아무 말도 않고 집을 나갔다 돌아오곤 하였다

남자는 멀쩡한 집을 두고 나왔다

그는 그의 짐을 내려놓고 싶었다

그의 짐은 강원도 산간에 내리는 눈발과 같았다

그는 남자라는 이유도 놓고 싶었다

남자라는 걸 다 내려놓고 싶었다

이런 약속

밥을 천천히 먹을 것 자리에서 먼저 일어나지 말 것 시를 급하게 탈고하지 말 것 자기 밥그릇 꼭 씻을 것 남의 과제에 지나치게 신경 쓰지 말 것 어떤 일이라 해도 정색하지 말고 '전기치유(專氣致柔)'할 것 마스크 꼭 챙길 것 산책은 한 시간 정도 할 것 산책 나갈 때 종이와 펜도 챙길 것 (빈손일 땐 빈손으로!)

낮엔 가급적 눕지 말 것 (낮잠 20분 강추) 시 속에 내용이나 의미 같은 것 뺄 것 연작 시집 『면벽 1~140』 어디서 낼까 미리 고민하지 말 것 시 모른다고 개무시 하지 말 것 하루에 시 한 편만 쓸 것 이래도 웃고 저래도 웃고 웃으며 살아보자! 라이프 이즈 코미디! 그리고 부정적인 사유(思惟)도 유지할 것!

–기껏 이런 약속이지만 나 혼자 약속하고 나 혼자 깬다 잘 깨졌는지 다시 한 번 깬다 그래도 나 혼자 조용히 약속하고 나 혼자 조용히 위무하고 산다 어디 경치 좋은데 가서 이런 약속이나 할까?

쓸데없는

모래밭에 앉아 모래를 퍼내고 싶다
모래 퍼낸 만큼 또 파묻고 싶다
강가에 앉아 물을 끼얹고 싶다
나뭇가지라도 툭 꺾고 싶다
스마트폰 패턴 그렸다 닫고 싶다
팔짱이라도 끼었다 풀고 싶다
크게 낄낄거리다 울고 싶다
흐르는 강물을 따라 쭈욱 걷고 싶다
강릉까지 국도로 한번 걷고 싶다
아무것도 아닐 때까지 웃고 싶다
(술을 다시 또 끊고 싶다)
나도 가끔 시를 놓아주고 싶다
안동 시내 뒷골목 한번 거닐고 싶다
춘천 하프 마라톤 뛰고 싶다
쓸데없는…

아프리카 혹은 먼 바다

나는 큰돈을 쫓아다녔던 것도 아니었네
그렇다고 코끼리 떼를 쫓아갔던 것도 아니었네
상아나 코끼리 가죽은 주인이 따로 있었네
나는 큰돈을 잃을 뻔한 적도 없었네
큰돈도 코끼리 떼도 저 큰 강줄기와 같았네

왕을 하늘처럼 바라보고 쫓아가지도 않았네
왕의 발바닥은 지상에 닿을 수도 없었고
왕의 가슴은 황금덩어리를 품고 있었네
왕의 황금은 만년설 쌓인 저 험한 산보다 높고 깊었네
왕을 따르는 것도 저 산을 오르는 것과 같네
왕을 따르거나 그 산을 오르는 자는
왕의 가슴에 품은 황금을 바라보고 있었네

나는 먼 바다를 헤매고 다닌 적도 없었네
남아프리카 희망봉 앞바다가 아름답다는 말은 들었어도
그 바다는 도박판에 뛰어드는 것과 같았네
전 재산은 물론이고 인생 전체를 걸어도 부족할 뿐!
먼 바다는 식솔들을 두었거나
벽면서생들이 뛰어들 만한 판은 아니었네

그렇다고 또 무슨 수로 먼 바다를 끌어당기겠느냐

먼 바다를 한번쯤 떠도는 자도 큰돈을 만졌거나
가슴에 황금을 품고 사는 자들과 똑같았네
그러나 먼 바다도 먼 산만큼 멀고 험한 곳이었네
먼 바다는 큰돈만큼 아무나 만질 수 있는 게 아니었네
먼 바다도 높은 자들만큼 아주 높은 곳이었네
먼 바다는 큰 해가 뜨고 큰 해가 지는 곳이었네

철원… 에서

철원… 내 사촌 제수씨 친정집 동네
살면서 한 번도 가 본 적 없는
철원 2 땅굴 견학 길에 딱 한 번 지나쳤던
철원…
한쪽 옆구리 다 무너진 구 노동당사 건물
그러나 당사 무너진 것 보려거든
굳이 철원까지 가지 않아도
어디서든 허공만 두어 번 쳐다보면 될 터!

그러나 철원… 에서는 그 빈자리만큼
수다를 들어야 하고 한숨도 쉬어야 할 것 같다
커피 한 잔 테이크 아웃해서 마셔야 할 것 같고
구 노동당사나 구 철원엘 다녀와야 하고
해 질 녘 저녁노을까지는 만나봐야 할 것 같다

철원에 가면 내 사촌 제수씨 친정집도 없고
친구들도 뿔뿔이 다 흩어져 각자 제 길 가고
철원 슈퍼니 철원 연탄이니 철원 국숫집도…
허물어지고 무너지고 무슨 편의점으로 바뀌었거나
또 혼자 독백하듯 철원을 한 바퀴 돌고 돌아

철원… 에서
문자 몇 자 넣었다 천천히 지워야 할 것만 같다

시를 쓰다 보면 시를 꼭 써야만 할 때도 있지만
아무것도 없는 맨바닥을 바라보는 것도
한 편의 시가 될 때도 있다
철원… 에서는 시를 쓰지 않아도 될 것만 같다
시를 읽지 않고 시를 쳐다보지 않아도 될 것 같다
철원… 평야에 해 떨어지는 것만 볼 수 있으면
해 뜨는 것만 볼 수 있어도
시를 썼다가 노을빛에 다 태워버려도 될 것 같다

한 여름 밤의 꿈

낡은 소파만 봐도 그가 생각났다
두 다리를 쭉 뻗을 수도 없는 작은 소파였다
달빛이나 별빛보다 어둠이 어울리는 소파였다
그의 이마엔 늘 약간의 미열이 있었지만
그의 가슴엔 격렬한 피가 흐르고 있었다
격렬하다는 것은 뜨겁다는 것만 아니다
격렬하다는 것은 어쩌면 독립적인 의미다

그리고 거짓말처럼 폭우가 번개처럼 쏟아졌다
번개 같은 폭우를 피하거나
폭우 같은 번개를 피해 도망가지도 않았다
격렬하다는 것은 그런 것이다
뜨겁다는 것도 또 그런 것이다
격렬한 것도 뜨겁다는 것도
그 자리에서 오랫동안 깊어지는 것이다
그 자리에서 오랫동안 깊어지는 것은
그만큼 격렬하고 뜨겁다는 것이다
그 자리에서 오랫동안 깊어지면 알 수 있다

소파가 허공에 둥둥 떠다니는지

땅속에 처박혀 다 묻혀 버렸는지
낡은 소파가 있던 자리에 가서
오랫동안 가만히 누워 있다 보면 알 수 있다

그러나 좀 더 오랫동안 누워 있다 해도
그 자리에서 다시 깊어지지는 않는다
그 자리에서 뜨거워지는 것도 아니다
그 자리에서 격렬해지는 것도 아니다
그때가 지나가면 그때는 다시 돌아오지 않는다
모든 것을 그때그때 다 걸어야 한다
그리고 그 자리를 떠나라 다시 떠나라

꿈 밖에서

일제강점기도 몇 세대 지났는데
비밀 지하 단체 조직원처럼
불법 사제 폭탄을 구하러
아주 대담하게 밀항선에 오른다고?
첫눈에 눈만 맞춘 사람과 함께
그럴듯한 미소까지 지으면서…
(이건 허구이거나 가짜 뉴스다)
그러나 내친 김에 밀입국하여
제3국에서 불법 체류나 할까
반정부군 조직원이니 할까
이것도 생거짓말이거나 상상력이다

한국전쟁 당시 월북하던 깃발을 따라
정치적 노선을 바꿨으면?
그러나 역사를 만들고 바꾸는 것은
영웅들의 일이다
이념을 만들고 노선을 바꾸는 것도
영웅들의 일이다
국경을 넘거나 망명정부를 세우는 것도
조직원들이 할 수 있는 일은 아니다

무슨 이념을 만들고 이념을 따르는 것도
또 시인들이 나서서 할 일은 아니다

어디서든 조직원들은 늘 잠이 부족하고
식구들도 챙겨야 하고
국물이나 얻어 마시고
이념의 행간에 고작 낙서나 하고
하루 끼니 걱정하고
남의 집 말 한 마리를 부러워할 뿐이다

역사도 영웅도 이념도 노선도 조직도
다 필요 없는

제2부

안목바다

쑥국을 먹어도 풀리지 않았다
약수를 마셔도 풀리지 않았다
술 마시고 사흘 지났는데 풀리지 않는다
거울 앞에서도 풀리지 않았다
한나절 누워도 풀리지 않는다
독주 마신 것도 아닌데 풀리지 않는다
수락산서 만났던 〈사공의 노래〉
바리톤으로 다시 들으면 풀릴 것도 같다
술을 좀 피해야 할 것 같다
사흘째 가까운 길 산책도 못하고
중랑천 물살은 더 급하게 흐를 것 같다
나흘째 시 한 줄 못 썼다
겨우 노트북 앞에 앉았다
시가 없는 날은 잘 못 산 것만 같다
시가 풀리면서 술병(病)도 낫는 것 같다
거울 속 저 뒤쪽 너머
어두운 바다가 보였다

시에 취하다

늦은 밤 시 한 편 탈고하고 늦산책길 나섰는데
마치 구름을 밟고 가는 것만 같았다
저 구름을 다 움켜쥘 것만 같았고
저 물소리도 귀에 다 담을 수 있을 것만 같았다

이 억새를 뿌리 채 뽑아 갈아엎을 수도 있고
저 지하철을 당장 멈추게 할 것도 같았다
저 나무를 뽑아 여기다 옮겨 놓고
저 바윗돌을 들어 여기다…
내가 시한테 취한 것인지
시가 나한테 취한 것인지

오늘 밤 나는 술보다 시한테 빠졌는가 봐!
아님 시가 나한테 취했나 봐! 미쳤나 봐!
더 취하기 전에 산책길을 중단해야 할 것 같다
아무도 없는 밤늦은 산책길이지만
아무도 없는 밤늦은 산책길에서
시와 함께 단 둘이서 가다 서다 걷던 길

봄밤 0시의 의정부 방향 중랑천변

산책로 하나 시 하나 그리고 시에 취한 시객(詩客) 하나
미안하다 조금만 더 걷자!

무엇 때문에

당신은 무엇 때문에 내가 쓴 시를 읽고
굵게 밑줄까지 긋고 그랬을까
그 시의 행간에 밑줄 그을 때
나의 시는 기억하고 있었을까
내가 쓴 시 첫 행과 마지막 행은
내 힘만으로 쓴 것도 아니다
첫 행과 마지막 행은
그 시의 운명이거나 어긋남
−시의 운명?

늦은 밤 시 앞에 앉아 있을 때
이게 밤인지 대낮인지
하루가 가고 있는지 하루가 오고 있는지
죽은 시인이 다시 되살아났는지
어디서 시인들이 모여 시를 낭독하는지
저 빗줄기도 귀 밝은 시 한 줄 되는
이것도 그 시의 운명이거나 헷갈림
−귀 밝은 시?

매일매일 밤은 아침이 되고 아침은 저녁이 되는데

첫 행과 마지막 행은 또 얼마나 멀리 있는지
시인의 마음은 또 얼마나 멀리 있어야 하는지
그 가슴을 맨손바닥으로 쓸어내릴 수도 없고
가슴 쓸어내리다 시까지 쓸어내리면?
다시 시를 가슴에 꼭 껴안고 한없이 깊어지기를!
-시가 깊어져?

그러나 시의 길도 시인의 길도 끝이 없다
-시도 힘들어요?

어떤 관계

술을 폭음하고 시 한 편 기다린 적도 있었다
뿔뿔이 흩어진 시인 동지들이 모여
깊은 밤
원탁 회의하듯 원탁에서 술잔을 돌렸다
폭음을 하고 통음을 하고
온갖 술을 다 마시면 시가 올 줄 알았다
술과 시가 불가분의 관계인 줄만 알았다
앞니를 부러뜨리고
구두를 잃어버리고
시를 한 편 얻은 적도 있었지만
그런 시는 또 나를 위한 외로운 시 같았다

폭음도 통음도 과음도 하지 않고
며칠째 시 앞에 앉아 보면
술 한 잔 없이 반듯하게 다가오는 시를 보면
술과 시의 관계가
꼭 살 맞대고 사는 부부 사이 같지만 않다
술은 술을 살고
시는 시를 살고…
앞니를 부러뜨리지 않고

구두를 잃어버리지 않고
시를 한 편 쓰다 보면
시와 나의 관계도 삼십 년 넘은 부부 사이 같은 거 아닐까?
―여보!

쉿!

거기 시청 민원 창구 앞에서 그는
뭔가 끄적거리고 있었다
1층 종합민원실 덩치 큰 수족관을 등지고
오늘의 시를 위하여
그는 오늘의 상상력과 감수성을 다 발휘하고 있었다
(휘발하라!)
시는 매우 휘발성 강한 생물이거늘!

민원 창구 앞 조그만 탁자로 자리를 옮겨
그는 민원서류 이면지에 뭔가 또 끄적거리고 있었다
아무도 그를 주목하지 않았지만
그도 아무 데나 눈길 한 번 주지 않았다
(독고 다이!)
간혹 창구 쪽에서 무슨 소리가 들렸지만
그를 향한 소리도 아니었고
그를 위한 소리도 아니었다

그러나 곧 1층 민원실은 텅 빈 강당처럼 조용했다
부동산 거래 계약 신고서 예시문 앞에서
드디어 뭔가 다 쓴 듯

그는 뭔가를 들고 밖으로 나갔다

뻥 뚫린 시청 앞 광장에서

그는 방금 탈고한 '시'를 낭독하기 시작하였다

(독백? 독박?)

시가 멀리 떠나가는 순간!

조금만 더 목소리를 높이면 행인들도 들을 수 있을 텐데…

조금만 더 높이면

저 벚꽃들도 후드득 후드득 떨어질 것만 같았다

좀 더 가까이 한 발자국 더 다가가 보니

아! 이런 아는 얼굴이었다

－쉿!

아무도 이곳에서 그를 본 사람은 없었다

목례

원주시청 앞 벚꽃나무 아래서
하얀 마스크 쓴 수녀님과 마주쳤다
순간 벚꽃 떨림만큼 목례를 하였다
그도 벚꽃 떨림만큼 답례를 하였다
서로 짧게 고개 숙여
인사 주고받은 사이
근데 방금 나는 무엇을 주고 무엇을 받았을까

더 돌아볼 수도 없고
더 돌아갈 수도 없는
끝도 없고
끝이 없는…
그러나 끝이 없는 끝을 또 돌아볼 수 있을까?
끝이라는 게 있을까?

둘째 큰댁 사촌 누나가 수녀원에 들어간 날부터
길에서 만나는 모든 수녀님들은
다 글라라 수녀님이 되었다
나의 사촌누나 글라라 수녀
당신의 기도는 어디서 무엇을 하고 있을까?

"누나! 담 주에 퇴곡 고모님 병문안 가실라우?"

인연

어색하면 어색한 채 서먹하면 서먹한 채
딱히 뭔가 정해진 것도 아니고 누가 딱히 정해 놓은 것도
아니다
하여 닥치는 대로 닥치는 것이다 (대충 살자 쯤!)

이팝나무 인연이면 이팝나무 인연이고
산벚나무 인연이면 산벚나무 인연이다
인과 연은 그렇게 오는 것 그렇게 가는 것
그렇게 왔다가 어긋나면

오늘 아침처럼 시가 오면 시를 받을 것이고
시가 가면 시를 보내면 된다
그저 생각하는 대로 생각하고
생각나는 대로 받아쓰고
배고프면 먹고 자고 싶으면…

돌고 도는 인연을 위해 또 인연이 되는
인연도 인연을 다해 떠난다면?
(물 먹은 인연)

시인도 남의 욕 좀 얻어먹고 물도 좀 먹고 남 욕도 좀 하고
사는 자?

어디 가서 시 쓰는 거 들키지 말 것!

들키면 허벅지의 문신을 보여 줄 것!

(무수한 이 볼펜 자국)

그런 시간

아무도 없는 빈 방을 혼자 앉았다 또 일어났다
화장실도 다녀오고 주방에 가서 물도 마시며
감옥 안에서 천천히 줄지어 산책하던 어느 죄수들마냥
왔다갔다하였다

대전 당숙 병문안 한번 가야지, 가야지 하다
끝내 마음에 탁 걸린 부고를 받고 말았다
당숙은 이미 저 세상 속으로 들어가
이 세상의 형제들이 불러주는 성가를 듣고 있으실까
−자비를 베푸소서!

서가에 꽂혀 있는 이 책 저 책 뽑았다 넣었다 하다
눈에 들어오지 않던 책들을 내려놓고
손도 한번 씻고 빈방 다시 혼자 왔다갔다한다
창문 열어 봐도 목련나무에 앉았다 가던 낯익은 묏새도
없고
다시 책상 스탠드 전등까지 환하게 밝혀 놓아도
엉성한 이 느낌의 이런 시간?

당숙은 아직 저 세상의 길도 많이 어둡겠지만

저 세상의 길눈이라도 좀 밝아지면
내 선친과 거닐던 교항리 신리천변도 한번 내려다보시고
(약주는 좀 줄이시고!)
따뜻한 동태탕집 하나 정해 놓고 다니시길!

아직은 당숙의 시간이 이 세상에 조금 남아 있다면
생전에 미처 올리지 못한 소주잔도 받으시고
귓속말하듯 속삭였던 제 말도 좀 들어주시고
두 번 절하고 나서
제가 사르던 향도 받으시려나?
─상향(尙饗)

아귀의 뼈

아귀만큼 뼈가 많은 생선을 먹어 보았는가
그렇다고 아귀가 뼈만 있는 것도 아니다
누구든 아귀찜을 다 먹고 나면 알 수 있다
그 살을 다 빨아먹고
그 뼈를 다 뱉어 보면 알 수 있다
아귀는 죽어서 뼈를 남긴다

아귀의 살은 그의 뼈에 의해 이루어진 것이다
뼈 없는 살이 어디 있겠는가
뼈 없는 삶이 어디 있겠는가
아귀의 숱한 뼈를 보면
그의 살과 삶이 어디에 붙어 있는지 알 수 있다

다시 저 아귀의 뼈를 보라
그의 살과 영혼은 뼛속에 있다
뼛속 깊은 곳에 그가 있다
아귀의 뼈를 침을 뱉듯 툭툭 뱉지 마시라
그도 깊은 곳에서 왔다
깊다는 게 또 뭘까?

그의 복잡한 얼굴도 다 복잡한 뼈 때문일 것이다
생선 같지 않은 그의 생뚱맞은 이름도
무슨 아호 같고
누구 법명 같은
그것도 다 그의 뼈대 탓일 것이다
아귀는 죽어서 이름을 남긴다

멀쩡한 나무

멀쩡한 나무 밑에서 『금강경』을 읽고
고개를 들어 나무를 쳐다볼 것이다
낙엽 한 점 내리면 낙엽의 시를 쓸 것이고
나무에 기대 나무의 과거도 돌아볼 것이다
나무의 과거를 돌아볼 때까지
시가 끓지 않으면 낙엽을 긁어모으거나
멀쩡한 나무를 또 흔들어볼 것이다

그러나 지금은 세상을 뒤집어엎거나
깃발을 흔들어 보던 시대가 아니다
돈뭉치를 확 뿌려야 하는 시대(?)
다시는 시의 시대가 되돌아오지 않듯
그런 깃발도 그런 세상도 돌아오지 않는다
그런 돈뭉치도 다시 오지 않는다

나무 밑에 앉아 있다고 한가한 것은 아니다
시인도 나름 격무에 시달리는 직종이다
시가 끓고 있는지 낙엽 타는 냄새가 난다
시가 되는 곳 어디 있다고 생각하지 마라
시인이 있는 곳이면 시도 있어야 하고

멀쩡한 나무도 또 과거가 있어야 한다

시인이 있는 곳에 시 없으면?
2020년 4월 현재 수락산방 이 재택 시인은?
시는 있는데 시인 없으면?
시도 없고 시인도 없으면?
시인은 없고 시만 있으면?
시인도 있고 시도 있으면?

멀쩡한 나무를 뿌리째 뽑아 다시 뿌리째 뒤집어엎어 놓을
것이다
『금강경』 다 읽었다 해도 『금강경』 없고
시인을 살아도 죽어도 시인은 없다
다시는 시인을 찾지 마라!
아무도 시인을 찾지 않는다!
아무도 시를 읽지 않는다!

여기까지?

동네 마트를 다녀오는 길에도 밥을 먹는 중에도
어젯밤 늦게 쓴 시가 아직도 어딘가 걸린다
어디서 무엇이 걸린다는 걸까
새끼손톱만한 벚꽃 무리들 휘날리는 이쯤에서
그냥 됐다! 하고 털어버릴까

엊그제 나온 시집을 택배로 보냈다는데
어디쯤에서 낯선 벚꽃한테 한눈파는 거 아닐까
목하 도처 벚꽃 천지인데 누가 시 읽어?
(무독?)
(만 일 년도 안 된 연년생 시집!)

어젯밤 시가 아직도 걸린다면
그 시를 썼다는 생각도 없이 시를 한 번 돌아보자
어쩌면 어젯밤 그 시는 거기까지 아닐까
살다 보면 혹은 쓰다 보면
거기까지 혹은 여기까지
거기까지 여기까지!

어젯밤 늦게까지 썼던 그 시는 거기까지!

오늘 이 시는 여기까지!

여기까지 쓰고

이 아래는 다 비워야 하는 시도 있을 것이다

자! 그럼. (이하 여백)

우울의 유혹

나는 잠시 우울을 먹고 살 것이다
서운할 것도 없다
우울도 시가 되고
힘이 될 것이다
좋은 것만 먹고 살 수 없듯이
우울도 약이 된다

저녁 산책길 밖에는
딱히 갈 곳도 없다
어디를 향해 가는 것도 중요하지만
나를 향해
나를 위해
조용히 나의 길을 가는 것도 중요하다

오늘도 단 한 번 웃을 일이 없었다
시를 써도 혼자 읽을 때가 더 많다
시를 쓰는 것이
결코 웃고 울고 하는 일은 아니다
웃고 우는 일을
시가 해야 할 일은 아닌 것 같다

우울할 때 나를 지켜보는 것도 시가 된다
나를
화장실 거울 앞에 세워 놓고 바라보는 것도
시가 된다
우울할 때 나를 다독이는 것도 시가 된다
우울하다고 낙심할 것도 아니다
─전망은 없다 절망도 없다*

*김남주

이해와 오해 사이

같은 화장실 옆에 같이 있어도
마트 같은 층 주차장에서라도
어느 예식장 로비에서
같은 서점 같은 코너 앞에 서 있다 해도
지하철역에서 같은 지하철 기다린다 해도
같은 엘리베이터 안이라 해도
눈도 마주치지 말고 가자!
오해가 이해가 되는 것도
이해가 오해가 되는 것도
한순간에 나타났다 사라지는 것!

오해한 것도 이해할 때가 되었다
이해한 것도 오해할 때가 되었다
살아가면서 오해하고 이해하는 사이
무슨 말을 더 씹고 씹어야 하겠는가?
무슨 말이라도 더 씹을 것도 없다
뭔가 씹는 것도 다 때가 있다
그때가 지나가면 결코 그때가 아니다
오늘의 술은 오늘 마셔야 하듯…

오해는 도무지 이해할 수 없고
이해는 오해할 수밖에 없는 것!
방금 헤어진 사람을 붙잡고 또 물어봐도
다 알 만한 일이지 않겠는가?

화분을 깨뜨리다

신발장 앞에 두었던 관음죽 화분을 깨뜨렸다
늦은 밤 또 과음한 탓이다
내가 요새 왜 이러는지?
어제는 밥공기 하나 깨뜨렸다
식구들이 관음죽을 빈 화분으로 급히 옮겼다 해도
관음죽은 어려울 것만 같다
지난 몇 해 동안 눈 마주치고 살았는데
하룻밤 사이 안색이 수척하다
서로 눈길 피하기도 차마 어려웠다

또 벽을 향해 돌아누워도 다시 돌아누워도
관음죽보다 치맥집 술자리가 더 생각났다
치킨 한 조각도 못 먹고
오백 두 잔씩 마시고 계산하고 나와 버렸다

아마도 이 술의 뒤끝은 시를 썼다 해도
한동안 다스리기 어려울 것만 같다
나는 내가 화분만 깼다고 생각하지 않는다
두고 온 치킨도
그날 밤 내가 걸었던 어두운 사막도

전부 다 나 혼자서 깬 것만 같다
나 혼자 알고 있는 일이라 해도
나 혼자 덮지도 못할 것만 같다
내 시가 저 사막 한가운데 혼자 있는 것 같다

비대칭의 시

누군가 물 한 바가지를 퍼붓고 갔다
나뭇가지에 쌓인 함박눈도 아니고 저 나무 아래서 물 한 바
가지 뒤집어썼다
누군가 보니 자목련나무의 등줄기만 보였고
바람의 끝도 보이다 말았다
겁나게 무거운 검은색 담요 같은 것도 보였다
아 비가 올라나
한겨울에 눈도 아니고 비가 올라나

저 겨울비와 함박눈도 비대칭
겨울 자목련과 봄 자목련도 비대칭
함박눈 하나 없는 겨울도 비대칭
바람의 끝과 겨울의 끝도 비대칭
이 고요와 저 고요도 어쩜 비대칭일 뿐
이 비와 이 비도 비대칭
물 한 바가지와 나도 비대칭일 뿐
마침내 나도 당신도 비대칭

모래 바람

계곡 지나 모래 바람 부는 언덕에서
저 붉은 태양 하나 만났다
저 붉은 태양이
고대 왕조의 무슨 신전처럼 빛났다
그러나 많은 신전은 폐허가 되었고
모래 언덕에 묻혀 버린 것도 많다
허공을 꽉 채운 풍경화 한 폭처럼
허공 속에
모든 나무와 낙타와 언덕과 바람까지
다 빨아들인 채
다 뱉어 놓은 채
붉은 태양이 허공 속에 우뚝 떠 있다
그도 허공계의 마음을 알고 있는 듯
모래 바람 하나 가슴속에 담아 넣고
허공 속에서 붉게 불타고 있었다
마침내 허공도 다 불태워 버리고
모래 바람 속에 고요히 묻힐 것을

봄밤

슬픈 건 또 슬픈 거라고 그가 말했을 땐
밤이 깊었다
밤이 깊으면 슬픈 것은 슬픈 것이 되고
아픈 것은 아픈 것이 된다
깊은 밤도 깊은 밤이 된다

잠들면 잠든 거라고 그가 말했을 땐
이미 거대한 밤이었다
밤이 되면 용서할 수 있을 것도 같다
용서도 그를 위한 것이 아니라 나를 위한 것!
거대한 밤이 되면 용서할 수 있을 것도 같다
용서했으면 마음속에 두지 마라

잠이 오지 않으면
깊은 밤 죄다 땅속에 묻어 두는 것도
깊은 밤에 할 만한 일이다
용서를 바랄 거면 용서도 하지 말고
깊은 밤 땅속에 그냥 또 묻어 두어라
안개라도 슬몃 끌어다 덮어라

그러나 선량한 안개를 끌어들이지 마라
깊은 밤이라 해도 보는 눈이 많다
봄밤이라고 해도
가슴이 다 무너져 내린 것도 아니다
가슴이 다 뚫린 것도 아니다
가슴을 다 풀어 놓은 것도 아니다
가슴을 다 털어 놓은 것도 아니다
가슴을 다 풀어헤친 것도 아니다

사람의 가슴도 거대한 밤처럼 깊고 또 어둡다
시인들도 밤이 되면 용서할 수 있다
그러나 시인들은 밤이 깊었다 해도
다 용서할 수 있는 것도 아니다
시인들은 좋은 시를 써야 겨우 용서 받을 수 있다
시인들 세계의 이 불문율(?)

육십 다섯 지나

뼈 감자탕 사다 감자 한 개 더 넣고 끓였다
육십 다섯 지나 다시 감자 좋아할 줄 몰랐다
야식으로 감자적도 부쳐 먹었다
내 시 전면에 음식 등장한 적 언제?
술은 정기적으로 고정 출연?

엊그제 나온 시집을 또 경향 각지 시인들에게 발송하였다
─시집 잘 도착했는지?
＝시위를 떠난 화살은 그대의 것이 아니다
내일은 이 기분 조금 나아지면
주소록에서 빠뜨렸던 시인들을 찾아서 보내야 하겠다
그러나 신간 시집을 보낼 때마다
시인들 이름 앞에서 자꾸만 망설이는 이 마음은?

육십갑자하고 이미 몇 해도 넘었으면
내용 하나 없는 시를 쓸 줄도 알아야 하고
감자 같은 기표만 몇 개 둥둥 떠다니는
허공 같은 시 이거 혹시 비현실적인 사이버 세계
시 하나 없는, 시

썼다가 혹은 급히 읽고 지워야 하는 문자 한 통 없는
내용 하나 없는, 삶을 살 줄도 알아야 하는 이 나이에
시가 없어도 시를 살 줄 알아야 하고
시를 살기 위해 시를 또 써야만 하고
시를 쓰기 위해 또 시를 살아야 하고
시를 던져 놓고 시를 바라볼 줄도 알아야…

−시를 놓치지 않기를! 오버?
=시를 놓지 않기를! 오버!
−시를 떼어 놓고 시를 살 수 있을지? 오버?
=시를 들었다 놓았다 할 것! 오버!
−오키

문어

문어나 한 마리 볼까 하고 어시장에 들어갔다
문어는 만나지 못하고
멍게 해삼 물오징어만 한 봉지 샀다
문어도 먹물깨나 먹었다는 썰이 있지만
문어한테 물어볼 수도 없는 노릇이다
지상이나 심해나
먹물들은 남의 눈에 잘 띄지도 않는다
잠수병 기저 질환자들!
어디로 합치지도 뭉치지도 못하고
홀로 흩어져 무슨 '섬'처럼 살아간다
이따금씩 그 '섬'에 걸터앉아
볕이나 쬐다 섬을 떠나 또 섬이 된다
각자 '섬'이 된다
('섬' 동인들도 각자 '섬'이 된 것인가?)
문(文)과 어(魚) 사이 간격만큼
섬과 섬 사이 간격도
먹물과 먹물 사이 간격도 멀고 깊다
문어가 기억력이 좋다는 썰도 있다
문어도 '섬'이 되어 가는 것만 같다

여기 한 표

향후 직종 간 임금격차 단계적으로 줄인다면
각 시도(市道) 및 기초자치단체 등 통폐합한다면
지역구 국회의원 의석수 축소 공론화한다면
기왕 중대선거구제 공론화한다면
의원내각제와 대통령제 혼합한 '분권형 대통령제'까지
차기 정부 '작은 정부' 공약한다면
인구정책 전문가 중심 국가 특별위원회 설치하면
서울 시내 자전거 도로 확대 및 재정비하면
도봉면허시험장 부지 '청소년 전용 대규모 복합 문화 공간'
건립한다면
예체능계 사설학원 공교육과 연계하면
서울 도심 승용차 홀짝제 시행한다면
영동고속도로 연중 통행 무료화한다면
부산에서 블라디보스토크까지 둘레길 개발하면
시집 300부 한정판 아님 20권 간행하면?
－여기 한 표!

제3부

아무것도 없다

다시 뒤돌아보면 아무것도 없다
술 취한 자는 보이지 않고
술 권하는 자도 없다
담배를 물고 있는 사람도 없고
홀로 노래를 부르는 자도 없다
못을 박는 자도 없고
못을 뽑는 자도 없다
역사를 믿는 자도 없고
시를 믿는 자도 없다
폐가 같은 이 괴괴한 광경!
복잡한 것들이 조용한 것 같다
조용한 것들도 복잡한 것 같다
돌아보아도 보이지 않는 것은
돌아보아도 보이지 않는다
이제 시 속에는 이념도 신념도 없다
시 속에는 의미 비슷한 것도 없다
시 속에는 시도 없다
아무것도 없다

변산

시간 되면 변산반도쯤에 가서
나의 시를 한번 낭독하자
시간 더 있으면 아예 월명암에 들어가서
나의 시 혹은 매창 시를 혼자 낭독하자
독경하듯 말고
그냥 시를 낭독하듯이

시간 더 있으면 서해 낙조와 함께
이번엔 바위 끝에 앉아 나의 시를 묵독하자
정말 더 갈 데 없으면
서쪽으로 가다 차마 돌아선 듯한
저 노을의 치마 끝을 잡고 함께 시를 낭독하자
이번엔 저 소나무와 함께
「팔죽시」를 큰소리로 낭창낭창 읽어보자

시간이 좀 더 남았으면
다 읽은 시는 변산 어느 구석에 두고 오자
변산까지 가서 시를 낭독하고
그 시를 또 데리고 오는 건
변산에서 해야 할 태도가 아니다

변산을 혹 지나가는 길에
시와 눈 한번 마주치더라도
눈 한번 마주치지 않기를!
눈앞에 시가 밟히던 그런 시대가 아니다

변산에 왔으면 혼자 좀 있다
혼자 가는 것
시를 읽고 시도 두고 가는 것
'변산에선 이게 시다!' 하면
'그게 시였군요!' 할 것!

내일이 없다

시의 시대, 시인의 시대 저 팔십 년대 끝자락
작가회의 친구들과 탑골에서 술 마시던 시절
그 막대한 술과 시간과 친구들은 다 어디서 왔는가?
그날 밤도 밤새도록 술을 마시려고
막 시작하려던 순간

어느 후배 시인이 나를 밖으로 끌고 나갔다
—형! 택시 타고 빨리 들어가요!
=저 술 다 마셔야 하는데…
—저 양반들은 '내일'이 없어요
=나도 '내일'이 없는데…
—형은 내일 출근해야 하잖아요

가만히 면면들을 살펴보면 나만 내일이 있었다
그날 심야 택시에서 '내일'이 없는 날을 그리워했다
그리고 내일이 있는 삶이 몹시 부끄러웠다
어디 직장에서 노조하다 잘리지도 못했고
문학을 위해 직장을 때려치우지도 못했고
시국 사건으로 취업이 막혀 직장이 없던…
'내일'이 없고 오늘만 있었던

오늘도 없고 문학만 있었던

나도 하루빨리 '내일'이 없는 삶을 살고 싶었다
그러나 막상 또 날이 밝아 내일이 닥치면
나는 또 내일이 있는 삶을 살아야만 했다
내일이 있는 삶을 사는 동안
나는 '내일'이 없는 삶으로부터 멀어져 갔다
내일이 있는 삶은
'내일'이 없는 삶을 도저히 살 수가 없었다
(오해 마라! 다 우리 때 일이오!)

백두대간에 사는 내 친구

내가 사는 곳 도로명은 기껏 수락산로 골목길이지만
그대 사는 곳 도로명은 급이 다르다
강원도 삼척시 백두대간로
시집 잘 받았다는 전화도
꼭 한번 놀러오라는 제안도 늘 백두대간답다
나이 먹어 놀러갈 데는 줄어들고
놀러오라는 데 더 줄어드는 우리 나이

손주를 봤다면서
며느리한테 카니발 한 대 뽑아줬다고
술김에 자랑하던
백두대간에 뿌리 내린 통 큰 친구
친구여! 높은 데 산다고 다 높아지는 것도 아니리라

우리 아주 젊은 날, 기억이 좀 남아 있을라나
경포 스클럽에서 그곳 관계자들과 시비가 붙었을 때
뒤에서 조용히 일을 해결한 급이 다른 친구
뒤에서 했던 일을
뒤에서 어떤 뒷담도 하지 않던 친구
뒤끝이 깨끗한 내 친구

나는 고작 수락산로 뒷골목이나 밟고 다니며
백두대간을 쳐다볼 수도 없지만
날 풀리면 꼭 한번 가보고 싶은 백두대간로
내 마음속의 도로명 주소
그대 뒷마당에 낡은 멍석이라도 펼쳐 놓고
개두릅 나올 때쯤 막소주 한잔하고
백두대간 능선 한 줄기라도 바라보며
낮잠을 자거나 그냥 조을거나

새벽 네 시

새벽 네 시
시를 읽을 시간도 아니고
시를 쓸 시간도 아니다
출근할 시간도 세수할 시간도 아니다
잠을 깰 시간도 아니고
잠을 잘 시간도 아니다
새벽 네 시
어디 한 군데 몸이라도 뜨거워지면
시를 맞이해야 할 시간?
시 쓰기 딱 좋은 시간
시 쓰기 딱 좋은 제목
새벽 네 시까지 내 시집을 읽었다는
강원도 후배 시인의 문자를 받고
새벽 네 시
시 쓰다

무제 시편

무대 위에 잠시 섰다가 아무것도 하지 않고
무대를 내려와 버렸다
한국전쟁 치를 때 남의 나라 아티스트 얘기다
이거 시에 대입하면 몇 줄 띄워야 하나
아예 빈 칸으로 둬야 하나
제목만 겨우 달고 본문엔 시 한 줄 없이?
싹 다 비워 놓은 백지 한 장
쓰윽 내밀고 말아야 하나

이 4분 33초* 동안 아무 짓도 하지 않고
이 여백에 머물러 있어야 하나
시 한 줄 없어야 하나
꼼짝 않고 이 빈 칸을 모두 비워두어야 하나
시를 잊어야 하나 시를 지워야 하나
시를 침묵해야 하나
시를 내려놓고 시를 바라보고만 있어야 하나
시를 질러!

*존 케이지: 피아노를 위한 작품(1952)

공원 같은 개 같은

어둠보다 더 큰 어떤 침묵이 있다
어둠보다 더 큰 침묵이 공원에 있다
큰 침묵이 낮게 가라앉아 있다
공원에 있던 나무와 벤치와 어둠도
침묵처럼 낮게 가라앉아 있다
이 침묵은 어둠보다 더 무거웠고
어둠은 침묵보다 더 가벼웠다
그러나 침묵은 모든 것을 무너뜨렸다
어둠이 할 수 있는 일은 아니다
이 공원도 침묵 앞에선 속수무책이다
무책이 대책이었을 것이다
침묵에 대항할 힘은 아무것도 없다
이 침묵은 모든 것을 무너뜨릴 수 있다
이 공원에선 침묵이 절대 권력이다
이 침묵 앞에선
어떤 굴복이나 복종도 유치하지 않다
굴복이나 복종이나 굴욕은
결코 이 침묵을 이길 수 없다
그러나 이 공원엔 유독 깡통이 많다
알고 보면 이 침묵이나 이 어둠도 깡통이다

굴복이나 복종이나 굴욕도 깡통이다
근린공원을 그저 깡통공원이라 불러도
어둠이나 침묵도 별로 할 말이 없다
아무 말도 않고 있는 깡통 근린공원
그냥 공원 같은

갈 수 없는 길

시를 읽고 정신 줄 바짝 조였다는 시인이 있다
—모 시인의 문자 중에서
시인의 정신 줄은…
시도 시인도 놓을 수 없다는 어느 시인이 있다
—모 시인의 답문 중에서

시인의 정신 줄을 잡고 있는 것은 누구인가?
시인가 시인인가 혹은 악마인가 천사인가
시인의 정신 줄은 신의 소관도 시인의 소관도 아니다
시인의 정신 줄은 또 시를 따라갔다가 되돌아오는 것
되돌아오는 길은 네비도 없는 길
되돌아오는 길에서
길을 잃으면 길을 잃고
시를 잃어버리면
시를 잃고

일기예보

새들이 다 떠나고 하늘은 텅 비었다
눈 내린다는 소식
대관령 바람재도 월정사 전나무도
머리 위에 구름장 같은 소식을 이고 있었다
그것은 슬픈 것도 기쁜 것도 아닌
다만 사월의 눈 소식!
하늘에 하얗게 나타났다 사라지는 상징들
그러나 하늘의 눈은 단 한 번도 빛나지 않는다
어둡지도 않다

자 떠나자
여태 다 내리지 않고 어딘가 내려오다
좀 남아 있는 눈을 위해
멎지 않은 눈을 위해
다시 또 떠다니는 눈을 위해
지상에 내려왔다가 또 떠다녀야 하는 운명들
눈을 위해 비탈을 위해
눈 소식을 전하기 위해
한 번 더 떠나자!

시인의 밤길

세상 물정 모르고 밖으로만 돌아다녔다
실없이 웃을 때도 많았다
진눈깨비도 내리고 하늘은 무거웠다
내 몸도 무거웠다
통화 버튼 눌렀지만 아무도 받지 않는다
나를 밀어내고 있다는 이 느낌!
내 몸 획 기울어지는 이 기분?
모든 노래방은 동시에 문을 닫았다
술을 끊을 수도 노래를 건너뛸 수도 없고
술도 노래도 시도 다 간절한 것!
간절하다는 것은 철들지 않았다는 것
철들지 않으려고 안간힘 쓰는
이 철없는 어깃장!
택시 타고 오다 세 블록 전인데도
도중에 내렸다
밤길을 걸었다
술과 시와 노래를 모자처럼 푹 눌러쓰고
마들역 일대 취중 활보(闊步)하다
나 혼자 기억하다!

휠체어가 보이는 창밖

휠체어가 보이는 창밖
휠체어를 밀고 가는 노인이 보였다
휠체어에 말을 붙이는 것도 보였다
휠체어는 노인보다 작았다
아주 작았다
휠체어는 늙은 아내였다
휠체어는 같이 늙은 동생이었다
휠체어는 네 살 위 사촌형이었다
휠체어는 늙은 아비였다
휠체어는 늙은 어미였다
휠체어는 이웃집 주민이었다
휠체어는 오촌 당숙이었다
휠체어는 자기를 길러준 외숙이었다
휠체어는 옛 전우였다
휠체어는 연인이었다
휠체어는 전처였다

고립무원

그의 생은 오로지 고립무원하다
('이다'와 '하다'의 차이?)
정치적 이념이나 신념 같은 거 말고
평생 몸담았던 직장이나
학교 동창생들 사이에서도
그는 그저 고립무원하다
('이다'보다 '하다'는 능동적이다)
오랫동안 거리를 두고 살았던
고향도 모교도 심지어 국가도
그간 마셨던 많은 분량의 술과 커피와 담배도
그에겐 고작 고립무원할 뿐!
('이다'보다 '하다'는 운명론?)

영동고속도로 추월선 노상에서도
심지어 낯익은 사람 앞에서도
박태원의 소설 앞에서도
그가 쓰고 있는 에세이 앞에서도
그의 노래 앞에서도
그가 방금 만났다 헤어진 사람 앞에서도
그의 생은 유독 고립무원하다

그의 생이 고립무원하다는 것을
그는 알고 있지 않다
그만 모르고 있다는 것!
그러나 모든 생은 고립무원하다

중랑천에서

중랑천에는 어른 팔뚝만한 잉어가 살고
한 폭짜리 산책로가 뻗어 있다
파키스탄에서 이주한 노동자도 있고
어제 개인 파산한 남자도 있다
부인과 별거하는 중년도 지나갔고
손잡고 다니는 부부도 지나갔다
물억새 일으켜 세우던 뭇 바람도 있었고
밑동까지 베어 버린 억새밭도 있었다
목장우유 파는 중년도 있었고
졸업생을 만나던 전직 교사도 있었다
직업군인처럼 걷는 자는 지나갔고
잔잔한 물살만 바라보던 노인도 앉아 있었다

동해바닷가 7번 국도 같은 거 없고
술 취한 자도 술 마시는 자도 없다
뒷걸음으로 운동하는 자는 있었지만
매디슨 카운티의 다리는 없다
동사무소 건물 같은 콘크리트 교량 '세월교'는 있다
꽥꽥 소리 지르던 청둥오리 떼 있고
중국 풍 황사바람도 한바탕 휩쓸고 갔다

노래 동아리도 에어로빅 팀도 있었고
색소폰도 통기타도 혼자 울고 있었다
반듯한 시비 같은 거 하나 없고
시를 쓰기 위해 길을 나선 자는 있었다
시를 쓰고 산책 나온 자도 있었다

쓴맛?

저 어두운 낯빛의 긴 골목도 되게 쓴맛?
청미식당은 이미 문 닫았고
새로 시작한 명가네 통닭집도 잠시?
'내일 또 만나!'
마카롱 스튜디오는 내일 또 만나야 하고
내일 또 헤어져야 한다면 헤어져야 하고
방금 마주친 그녀의 얼굴은 왜 어두웠을까?
그도 쓴맛?

쓴맛은 가슴 언저리까지 다 쓰리게 하군
수선집 앞에 내놓은 화분의 꽃나무들은
생기가 되살아났는가 보다
우리 집 관음죽은 아직도 되게 쓴맛?

비 갠 오후 하늘빛 아무리 단맛이라 해도
내 혀끝 어디 닿을 것도 아니고
감칠맛 맛보는 눈 맛만으로도
오늘 오후 맛보기는 감칠맛 만남!
맛남(?)

긴 골목 끝에서 돌아보면 내 시도 쓴맛이었네
내가 마셨던 많은 술도 다 쓴맛이었네
누군가 또 헛기침 하는 것 같네
쓴맛이든 간혹 감칠맛이든 다 맛남이거늘!
순한 맛도 되게 떫은맛도!
모든 것에 다 마음 열어 놓고 살아야 하리

한낮의 봄비

봄비가 봄비답지 않게 쏟아지던 한낮
얼핏 들으면 장맛비인 줄 알고
이 빗속에 뛰어들 뻔!
빗속에 쏘옥 들어가 빗속에 갇혀
세상 소식 잊을 뻔(?)
속까지 시원하게 훑는 저 생(生) 빗소리!
그러나 다시 고요한 봄비
화끈한 것도 뜨거운 것도
싹둑 잘라 가라앉히는 저 소식!
(다시 빗속에 뛰어들까?)
봄비 다시 봄비로 살아내는 순간
다 벗어던지고 저 혼자된
봄비의 외로움!
빗속에 외로움 말고 또 뭐 있었지?
헛도는 간혹 가는귀먹은 저 무(無) 소리!
나는 종종 무슨 소리였을까?
들릴까 말까 한 헛소리?
안방 화장실에서 혼자 시 낭독하던
저 소리?

봄비 이후
-2020년 4월 19일 이 늦은 밤

이 봄밤 11시쯤 아내 몰래 슬며시 집을 나섰지
이 봄비 그치기 전 물살이나 구경하러 갔지
휘적휘적 걷는 그러나 걷는 느낌조차 없는
무중상 도보!
남의 눈치 안 보고 걸을 수 있는 이 시간대
앞뒤 볼 것도 없고
앞뒤 잴 것도 없어
마스크 벗어던지고 심호흡도 한번 크게 하고
빗길 혼자 걷는 밤
예순 몇 해 이 나이쯤에선 혼자 걷는 느낌도 알아야 하고
혼자 걷는 이 느낌?
무중력 감각!

이런 느낌으로 시 한 편 뚝딱 쓸 줄도 알아야 하고
이런 느낌으로 시 한 편?
이런 느낌으로 시작 메모도 하나 남겨둘까?
시는 시 밖에서 어떤 말도 하지 않는다?
이 시 밖에서 이 시 느꼈던 느낌?
이 느낌은 또 무슨 느낌?

없는 시

하루해 다 넘어갈 즈음 없는 시 앞에서 깜빡 졸았다
시를 위해서라면 깜빡 졸기도 해야 하나
없는 시 앞에서 졸다가 꿈속의 시도 만나야 하나
꿈속에서도 시를 만나지 못하면 꿈을 깨고
시를 위해서라면 춤이라도 춰야 하나
없는 시 앞에서 뻥이라도 쳐야 하나
시를 위해서라면 뻥이라도 쳐야?

시를 위해서라면 짬뽕이라도 먹어야 하나
가위를 들고 머리카락이라도 잘라야 하나
오늘따라 외로워하지도 않는 가슴을 쥐어박아야 하나
없는 시 앞에서 가슴이라도 내놓아야 하나
어떤 날은 저녁 하기 싫을 때도 있겠지만
저녁 먹기 싫은 때도 있었을 거다
시를 위해서라면 저녁이라도 굶어야 하나

수많은 삶의 길목에서 깜빡깜빡 잊었듯이
수많은 시의 길목에서 그냥 중얼댄 말도 있었으리라
시가 없는 날은
없는 시를 위해서라도 노래라도 부르자

없는 시가 다시 시가 되기 위해 한 번 더 졸기도 하자
시를 위해서라면 깜빡 졸다 깨어나자
깜빡 깨어나도 시가 없으면 다시 한 번 졸아?

졸고 나서 없는 시라도 살짝 꼬리가 비치기만 해도
설거지 하던 손이라도 젖은 손 털지 말고
젖은 손으로!
우와 시가 오고 시가 한 줄이라도 생긴다면
시도 웃고 없는 시도 웃고 나도 웃고…
—저녁은 시켜 먹자!

시를 견디는 것

점심 먹고 저녁 사이 시 앞에 앉아 있을 때가 많다
강 건너 무슨 말이라도 들으려고
저 강 가까이 다가간 적도 있다
(백수광부처럼 강물에 뛰어들려고?)
점심과 저녁 사이
시 한 행과 시 한 행 사이보다 더 넓은 적도 많았다
한 번 더 넓혀 볼까
그 사이에 후배 시인들의 시도 읽고
미루어 놓은 단편소설도 읽고
93. 9 에프엠도 켜 놓고 더 크게 켜 놓을까
혼자 웃자고 하는 짓 아니다

시를 건너뛰는 것도
시를 쓰는 것만큼 어렵고 또 무지 힘든 일
시를 건너뛰지 못하고
시를 견디는 것도
삶을 견디는 것도
나를 견디는 것도
아 시가 되는 그러나 아 시가 되지 못하는!

헛것

헛것과 놀고 헛바람과 놀다
헛것을 보고 헛일을 하다
(시 쓰는 일도 헛일?)
헛꿈 꾸고 나서
또 헛발 딛다
헛헛하다가 또 헛하다
헛돌다
헛짓을 하다
헛짓거리나 하고
헛수고하다
시 가는 길도 결국 헛돈 길!
헛그물질 같은 거
헛길
헛곳에서 놀다 헛일하다
헛씹다 (헛쓰다)

제4부

이 시는 어떻게?

이 시 한 줄 안 쓰면 어떨까

이 시 한 줄 못 쓰면 어떨까

이 시 쓰지 않고 집사람이 삶고 있는

강원도 고사리 삶는 냄새나 맡고

라면도 끓여 먹고 마트도 가고

수락산 귀임봉도 가고

뉴스도 찾아 검색하다

에프엠 라디오에서 흐르는 양희은 〈아름다운 것들〉 때문에

시동도 끄지 못한 채 다 듣고

지난 총선은 어느새 다 잊어 먹고

다음 총선 때까지 잊어 먹고 살면 어떨까

어떨?

시 한 줄 안 쓰고 지나간다

시 한 줄 못 쓰고 지나간다

그럼, 이 시는?

모자

동네 마트 이층 초등학교 오학년쯤 딸애한테
애비가 파란색 야구 모자를 씌워주고 있다
－괜찮네
이번엔 무슨 벙거지 같은 모자를!
－괜찮네
또 삿갓 같은 밀짚모자 씌워 놓고…
－괜찮네

아마도 이 가게 모자를 다 씌워줄 것만 같다
－괜찮네
딸애는 모자를 하나 집어 들고
여기저기 돌아다니는데
애비는 모자 앞을 떠나지 못한다
애비의 눈에는 다 괜찮고
또 그만큼 뭔가 조금씩 아쉬웠던 것이다

나는 그 부녀 곁을 지나가면서
모자에 붙어 있는 가격표를 훔쳐보았다
3,900원
그 옆의 모자

5,900원

저 모자 앞을 지나다닐 때마다

나는 모자 앞에서 잠시 걸음을 머뭇거릴 것만 같다

－괜찮네

－괜찮네

이 세상의 어떤 아름답고 빛나는 모자가 있었다 해도

애비가 골라준 그 아이의 모자보다 더 높고 빛날 순 없을

것이다

그러나 그 모자는 애비보다 더 빛나고 있다

애비는 모자보다 더 낮고 어두운 곳에 있다

애비보다 더 낮고 어두운 것은 없다

－딸 바보!

고양이의 날

오늘은 8월 8일 '세계 고양이의 날'
고양이를 마주치지 못했지만
늦게나마 고양이를 축하해야 하는 날
고양이 돌보는 후견인은 아니지만
길에서 네가 지나가면 가던 길 멈출 정도…
나는 늘 거기까지는 한다
오늘은 무덥긴 해도 고양이의 날
오오 너의 빛나는 촉을 위해
축하 인사를 전하고 싶다 축!
어디서라도 문득문득 조는 듯
꼼짝 않는
또 고요히 사색하는 듯
그와 같은 중생을 만나기도 어려우리라

–그대처럼 바닥에 배를 깔고 세상을 지켜보고 싶다
그대처럼 입 닥치고 세상을 바라보고 싶다
온몸에 온갖 신경을 곤두세우고
길벗도 없이 혼자 어슬렁거리는
단순한 그의 동선을 눈여겨보며 내 삶의 동선을 돌아본다

동해고속버스에서

어쩌다 고속버스 바닥에 커피를 쏟은
이등병 현역 군인
두루마리 휴지로 커피를 훔쳐내고 있다
커피 쏟은 자기 자리
그 뒷자리 또 그 뒷자리…
(대충 좀 닦아라!)
적군이 쳐들어온 것도 아니고
땅이 꺼진 것도 아닌데
땅이 꺼졌다면 무너진 땅을 메워도
적이 쳐들어왔다면 적군과 싸워도
다 그대들의 몫일 텐데
고작 커피 한 잔에!
(대충 좀 닦아라!)

물 한 잔 건네며 던진 한 마디
-마음 쓰지 마라!
그러나 이번엔 내가 마음이 쓰였는지
가방에서 시집 한 권 꺼내 건넸다

교보문고에서

광화문 교보문고 시집 코너
달포 전에 나온 내 시집이 어떻게 잘 꽂혀 있는지
저기쯤?
그냥 자리를 뜨고 말았다
누군가 나의 뒷모습을 빤히 쳐다보는 것 같다

어떤 여자는 내 시집의 이마를 쓰다듬다 갔다
내 시의 독자?
갑자기 내 이마가 서늘하였다
나는 또 그녀의 뒷모습을 물끄러미 바라보았다
그녀의 이마가 궁금하다

교보에서 시집을 사 본 지도 아주 오래되었다
몇몇 선배 시인들의 시집을
무조건 사들고 나오던 그때를 돌아보면
나는 나도 모르는 사이에 너무 멀리 갔다
나도 너무 오래되었다

광화문 교보문고에 가면
무조건 꼭 들러야 하는 코너가 하나 더 생겼다

나의 교보 동선은 그대로겠지만
시집 코너보다
더 오랫동안 머무는 곳이 하나 더 생겼다

우리 딸내미가 쓴 '여행영어'책을 뒤적거리다
어느새 한 권 들고 나온다
나도 그 책의 이마를 쓰다듬던 때가 있었다
나의 뒷모습을 누군가 쳐다보는 것만 같다
나는 차마 뒤돌아보지 않는다

정진관 입구에 앉아 있던 한 사람

-y에게

2019년 7월 10일 오후 4시 20분
휴대폰 카메라가 코앞에까지 다가갔는데 (몰카?)
스마트폰에 푹 빠져 있던 거기 한 사람
'이 세상 온통 스마트폰 천지!'
앗 놀라운 저 집중력! 프로야구 생중계 시청 중?
나는 한국 프로야구 앞에서
아직도 지지할 구단을 찾지 못했음

오른쪽 다리 꼰 채 의자에 걸터앉아
오늘도 수차례 가로질러 다녔을 텅 빈 운동장 생각?
혹시 본인의 삶을 잠시 되감기 중?
어느 삶이든 삶을 되감을 수도 없는 것
삶은 누구든 금생(今生)을 잘 사는 것
그러나 생은 또 저 너머 있는 것!
저 너머 있는 생? 혹시 이 학교의 전설 하나
아 맥가이버 그 사람?

이 오롯한 반가사유상(半跏思惟像)을 지켜본 사람?
그럼 그 한 사람 멀리서 지켜보던… 난 누구?
남들이 보지도 못한 것 보는 사람

남들이 보고도 놓친 것 보는 사람
남들이 가지도 않은 것 가는 사람
남들이 하지도 않는 것 하는 사람
남들이 보지도 않은 것 보는 사람
남들이 보지도 않은 것 주섬주섬 주워 담는
이삭 줍듯…
그 한 사람을 향해 다시 생각에 잠긴
나는 누구?

마장역 3번 출구

그도 많은 짐을 가슴에 안고 살았는가?
강원도 글 쓰는 후배가 보낸
택배 때문에 기사와 통화하게 되었다
기사는 무거운 택배를 들고 있는지
목소리는 무겁고 꺼칠하였다
−그럼 제가 그곳으로 택배를 받으러 가겠습니다
이번엔 내가 무거운 짐을 들게 되었다

이젠 상대가 누구든 목소리를 높이고 싶지 않다
해 질 녘 기사와 다시 통화하게 되었다
기사는 무거운 짐을 다 내려놓았는지
식구들이 있는 그 집으로 돌아가는지
그 목소리는 가볍고 또 부드러웠다
=제가 지하철 출구 미처 말씀 드리지 못 했네요
−아! 네

한 손에 무거운 택배를 들고 되돌아오는 길
한 정거 더 지나
오전에 받은 기사 문자에 답장 한 줄을 넣었다
−기사님 덕분에 택배 잘 받았습니다!

=감사합니다 (좋은 시 많이 쓰십시오!)

잘못 기재된 택배 주소를 다시 한 번 들여다보니
내 이름 곁에 '시인'이라고 씌어져 있었다
나도 무거운 짐을 들고 또 꺼칠하게 살았었다
짐을 내려놓으면 다 내려놓는 줄 알고
짐을 가슴에 꼭 껴안고 살았다

가슴에 얹어 놓은 짐이 한 편의 시가 될 때까지!
한 편의 시가 가슴에 얹어 놓은 짐이 될 때까지!
그 짐이 다시 시가 될 때까지!
그 시가 다시 짐이 될 때까지!

뜬구름 1

나는 아직 뜬구름 하나 잡지도 못했다
그저 뜬구름 꽁무니만 따라 다닐 뿐!
저 뜬구름처럼 살지도 못했고
밤낮으로 뜬구름 잡는 일에 매달리지도 못했다
뜬구름 따라 집을 나선 적도 없고
뜬구름 데려다 밥을 같이 먹은 적도 없다
뜬구름 따라다니는 게 호사라거나
허무맹랑하다는 것도 알고 있다

그러나 뜬구름 하나 보이지 않은 날이면
시를 썼다가 버린 A4 이면지를 급하게 구겨서
허공에 띄워 놓고
저 뜬구름처럼 바라볼 때도 있었다
때론 뜬구름아~ 하고 정성껏 불러보기도 하였다
누군 돌아서서 쯧쯧 혀끝을 찼지만
누군 싱겁다고 이맛살을 찌푸렸지만
나는 허공에 뜬 뜬구름을 쳐다보며
저녁 내내 앉았다 또 일어설 것이다

혀끝을 차거나 이맛살 움직이는 그대를 위해

오늘은 저녁 산책 일정도 다 팽개치고
이 뜬구름과 마주앉아 손금이나 들여다볼 것이다
뜬구름 옆에서 또 무얼 하느냐 물으면
나는 그저 뜬구름 끌어당겨 옆에다 앉혀 놓을 뿐!
내 곁에 떠도는 뜬구름은
높은 것도 깊은 것도 먼 것도 낮은 것도 아니리라
뜬구름과 바람이나 쐬러 갈 텐가?
아님 소맥 한 잔?

뜬구름 2
-] 에게

얼마 전 형제처럼 지내는 친구 동생이 했던 말;
　-형님! 사는 거 뜬구름 아니오? 뜬구름처럼 살다가 저곳에
가서 집사람 단 한 사람만 만날 것이오! 저곳에서 집사람 만
나려고 아무도 만나지 않겠다는데…
　-주위에서 자꾸 새사람 만나라고 하면 어떡합니까?

그대 아주 어엿한 뜬구름 같은 사람이여!
그대 한결 어엿한 뜬구름 같은 사랑이여!
그대 보이지 않는 눈물은 바람에 날아가고
그대 변함없는 사랑도 바람에 날아가고
그대 외로움도 괴로움도 바람에 날아가고
그대 뜬구름도 먹구름도 바람에 날아가고
그대 겨우 남겨 놓은 바람마저 날아가고…

그대여! 오오 사랑하는 형제여!
그대 한 사람 위한 넋이여! 삶이여! 혼이여!
그대 비릿한 한 남자의 눈물이여! 사랑이여!
그대 삶이여! 사랑이여! 허공이여! 뜬구름이여!

뜬구름 3

구내식당에서 점심 먹을 것
친구든 동료든 애사는 가급적 참석할 것
책상에 엎드려 있지 말 것
선공후사 명심할 것
구설수에 오르지 말 것
뒷담하지 말 것
아부하지 말 것
반말하지 말 것
수다 떨지 말 것
욕먹지 말 것
욕하지 말 것
뒷짐 지고 다니지 말 것
아쉬운 소리 하지 말 것
과거 얘기 꺼내지 말 것
근무시간 중 남의 방에 가서 노닥거리지 말 것
커피 잔 들고 여기저기 돌아다니지 말 것
(나는 얼마만큼 살았다는 걸까?)

겨울밤 새벽 세 시

1.

새벽 세 시에 잠을 깬 사람도 외로운 사람이다
다시 깊은 잠들기 차마 어려우리라
새벽 세 시까지 시에 매달리는 사람도 외로운 사람이다
시집을 머리맡에 던져 놓고 잠든 사람도
깊이 잠들기 어려운 진짜 외로운 사람

늦은 밤 시를 읽던 사람도 다시 잠들기 어려우리라
잠들기 어려우면 일어나
왕필 주석의 노자『도덕경』을 펼쳐보라!
잠을 깨든
꿈을 깨든

겨우 잠든 꿈속에서도 시를 만났다 헤어졌다
(꿈속에서 쓴 시)
시를 읽고 시를 쓰고 또 시를 쓰고 시를 읽고…
시를 쓰지 않는 날도
(꿈속에서라도)
시를 만났다 또 헤어져야 잠들 수 있으리라

시는 아무것도 구원하지 못한다
시가 할 수 있는 일은 외로운 사람 옆에 좀 앉아 있다가
일어나는 것

2.
겨울밤 새벽 세 시
족발을 펼쳐 놓고
족발을 뜯어먹었다는 그대에게

맨날

맨날 왜 그렇게 외로운 일들이 많았던지
이젠 아무리 돌아보아도 보이지도 않는
다시 뒤돌아보아도 정말 외로운 것들은 잘 보이지도 않는 법
잘 보이는 것들은 외롭지도 않을 걸
그날 나는 천변을 걷고 있었고
그는 다리 밑에서 기타를 껴안고 홀로 노래를 부르고 있
었다

마치 이 세상의 모든 노래를 다 부를 것만 같았다
마치 이 노래를 들으면
떠나간 사람들이 되돌아올 것만 같았다

－떠나가 버린 그대 모습에 / 내 모습이 야위어 가요*

아예 뒤로 넘어가버릴 듯이, 하늘을 향해
목을 다 내놓고 그냥 쭉 뻗어버릴 것만 같았다
저 커다란 다리도 다 무너뜨릴 듯이
그도 곧 넘어갈 것만 같다
노래를 크게 부르면 외로움이 더 크게 보이는 걸까?

다 떠나보내고 마지막 남은 자는 오직 그대뿐인 것만 같다
그도 곧 떠나버릴 것만 같다
저렇게 혼자 남아 노래 부르고 혼자 앉아 밥 먹고
혼자 전의를 가다듬고 혼자 울고 웃고
혼자 아프고 혼자서 혼자 될 때까지⋯ 아무것도 없는 이곳
에서
비명 같은 목숨 같은 노래 부르다 사라질 것 같다

잘 보이지도 않는 곳에서
잘 들리지도 않는 곳에서

*최진희

당신의 나무

그날 오후 1시부터… 3시쯤 사이
당신의 옛집 마당 끝에 서 있었던
그 살구나무처럼 자두나무였나?
나도 당신 곁에 그 무슨 나무처럼 나직이 서 있었다
그 순간 당신도 나도 나무가 되었나

당신은 물론 깊은 침묵 속에 있었다
깊은 어둠 같은 침묵
침묵 같은 어둠 그러나 눈물보다 슬픔보다 기도보다
또 침묵만 해야 하나
그러나 이 세상은 저 많은 나무들처럼
깊은 것도 아니고 어두운 것도 아니다

당신은 아! 8년 10개월째 이 낯선 요양병원에서
아주 납작하게 가라앉아 있다
이 세상의 모든 슬픔과 아픔과 고달픔은
저 침묵처럼 납작하게 가라앉는 걸까
당신은 눈꺼풀만 아주 조금 움직일 뿐!
가래 끓는 소리 또 가끔 흘리는 눈물

간혹 강원도 연곡 퇴곡 들녘의 바람소리
당신 집 근처 용소의 웅성거리는 물소리?
저 소금강 구룡폭포 물 떨어지는 소리
그렇다면 침묵보다 또 무슨 소리라도 들어야 하나
혹시 무슨 소리 들리는지?

그러고 보니 당신은 주먹을 꼭 쥐고 있었다
당신은 굳센 돌을 움켜쥔 것처럼
주먹을 굳게 꼭 움켜쥐고 있었다
당신의 주먹은 무슨 신앙이나 신념과도 같다
당신의 주먹은 또 무슨 나무 같다

사촌 동생은 당신의 주먹을 간신히 또 펴 놓고
하얀 가제 수건을 돌돌 말아서
당신의 손에 꼭 쥐어 주었다
돌을 움켜쥔 것보다 수건을 움켜쥐어야 하나
또 그 나무들처럼 푸른 이파리라도 움켜쥐어야 하나
눈물을 흘려야 하나 기도를 해야 하나
주먹을 또 한 번 움켜쥐어야 하나

그 옛날 당신의 집엔 친정집 조무래기들이
무슨 탐방객처럼 한 패거리 또 한 패거리 들이닥치면
강원도 옥수수를 삶고 감자적을 부치고
앞마당에 모깃불을 피워 놓고
멍석 위에 나란히 누운
당신의 어린 피붙이들에게 꽃을 꺾어다 주듯
하늘의 별을 하나씩 불러다 손에 쥐어 주었다
(그리곤 차비도 손에 꼭 쥐어 주었다)

당신은 또 어느 별이라도 되어야 하나
꼭 별이라도 되어야 하나 또 무슨 나무가 되어야 하나
(이 시를 꼭 써야만 하나?)
다시 또 어떻게 침묵이라도 해야 하나
무엇을 또 침묵해야 하나 당신의 침묵은 침묵일까?

사촌 동생의 눈물은 어디를 향한 걸까
퇴곡 친정집 마당가 살구나무?
저 살구나무도 저 자두나무도 저 슬픔도 아픔도
이 눈물도 어둠도 별도 기도도 추억도 기억도
모두 다 납작납작한 침묵이 되고 마는 거 아닐까?

저 침묵의 나무!

이 세상의 모든 나무들처럼 다시 나무가 되는 걸까?
당신의 집 마당 끝에 홀로 서 있던
당신의 나무는 이제 당신의 나무가 되었다
저 나무는 다시 또 무슨 나무가 되었을까?
이 침묵은 또 무슨 침묵이 되었을까?

인터뷰

시 쓰기의 즐거움 혹은 자존심

▷근황은?

근황도, 근황 같은 것도 없다. 시인이 무슨 근황 따위가 있겠는가? 그저 오늘은 오늘의 시를 쓰고 어제는 어제의 시를 또 끄적거렸을 뿐이다. 그러나 그런 말보다 차기 대선 정국도 미리 좀 생각하고 있었다. 그러나 차기 대선보다 국가 권력 체제에 대해 생각하고 있었다. 또 막스 베버의 '책임 윤리'라는 걸 한국 정치에서는 기대할 수 없는가? 한국 교육은 다시 또 절망할 수밖에 없는가? 국회나 중앙정부에서 해야 할 일이지만 초야에 묻혀 시간 날 때마다 조금씩 생각하곤 한다. 좌우지간, 이런 것도 근황이라면 근황이지 않겠는가? 그러나 그런 일은 내 소관도 근황도 될 순 없다. 그보다 나는 이제 철저하게 매우 철저하게 개별적인 존재가 되었다. 그리고 어떤 공적 조직으로부터 멀어졌다. 무엇보다 자유롭다. 마치 모든 배역을 다 끝내고 무대를 내려온 것 같다. 매우 시원하고 또 가벼워졌다. 아, 가끔 그 조직으로부터 공지사항 같은 것이 휴대폰 문자를 통해 꼬박꼬박 들어오곤 한다. 나는 떠났는데 그는 아직 떠나지 않았다는 뜻인가? 아님 내가 아직도 그를 떠나지 않았다는 말인가? 그럼에도 불구하고 이젠 오직 하루 종일 시 앞에만 앉아 있을 수 있다. 때론 빈 노트북과 마주 앉아 서로 쳐다볼 때도 많다. 솔직히 문학이 삶의 전부였던 문학청년을 다시 살 순 없어도 더 늙지는 않을 것이다. 시도 시인도 늙으면 다 끝이다. 그러나 이 길은 끝이 없다. 어쩌면 문득문득 어느 정도 '픽션'의 세계를 살아야 할지도 모르겠다.

▷직접 낭독하고 싶은 시 1편? 그와 관련된 시작 노트?

「길동무」(12쪽). 이 시는 삶의 어떤 체험으로부터 시작되었겠지만 그냥 어떤 허구의 세계일 수도 있다. 이번 시집에선 이런 일들이 많았다. 어떤 현실적 상황에 의지했던 나로선 특별한 순간이었다. 그야말로 손끝에서 발끝에서 그리고 시 끝에서 시가 되었다. 시가 되는 순간! 어떤 자신감뿐만 아니라 자존심도 상상력도 막 솟아나는 경이로운 순간들이었다. 시의 순간! 그 순간은 차(車)도 포(包)도 다 떼어 놓고 어쩌면 장기판도 다 떼어 놓는 순간이었다.

▷서면 인터뷰 소감?

굳이 내 책 뒤에서 이렇게 인터뷰하는 것도 어색하다. 무대 뒤에서 이거 무슨 짓인가 싶다. 그러나 내 책 뒤에서나마 이렇게 인터뷰하는 거 아닌가. 나는 결코 인터뷰할 만한 시인도 아니고 특별한 시인도 아니다. 오히려 아주 평범한 시인일 뿐이다. (단 한 번 특별한 것을 꼽는다면 '창비' 데뷔할 무렵이었을 뿐이다.) 여하간 이와 조금 비슷한 인터뷰는 딱 한 번 했었다. 그러나 나는 그저 조용한 시인일 뿐이다. 가령, 출판기념회나 기자간담회는 내 성미에 맞지도 않고 어색하고 쑥스러워 한 번도 한 적 없다. 그것도 다 까다로운 내 성깔 탓이리라. 시집이 나오면 그저 술 한 잔 앞에 놓고 두어 시간 앉아 있으면 족할 뿐이다. 그러나 동료나 후배들의 출판기념은 빠지지 않고 참석한다. 출판기념 같은 데 가야 술도 하고 문단에 잠시 앉았다 오는 것 아닌가. 다음엔 시간 되면 서면이 아니라 생생한 대면 인터뷰 한번 하고 싶다. 근데 서면 인터뷰하면서 또 이런 생각도 한다. 누가 이런 글을 읽을까? 이런 괴로움이나 외로움도 다 시의 자존심이며 시인의 자존심의 일부일 것이다.

▷등단 관련 스토리?

등단과 관련된 일련의 드라마는 언제나 나를 황홀하게 하는 순간이다. 창비에 투고한 내 작품이 먼저 창비 편집부에 재직 중이던 고형렬 선배님의 눈에 띄었고, 그 후 심사과정을 거치고 거쳐서 마침내 그해 늦가을 창비에서 '기생의 머리'를 얹어주었다. 그러나 그보다 먼저 신경림 선생님으로부터 '창비'에 투고해 보라는 따뜻한 용기와 격려를 받았다. 암튼 그때만 해도 휴대폰도 없던 시절이라 다짜고짜 공중전화 부스에 들어가 이렇게 두꺼운 전화번호부 책을 들고 신경림 선생님 성함을 찾아서 번호를 돌렸다. 나는 공중전화 부스 안에서 숨이 막힐 뻔했다. 그리고 인사동에서 신경림 선생님을 뵙고 나의 시 20여 편을 보여드렸다. 신경림 선생님 앞에서 또 숨이 막힐 뻔했다. 그러나 그보다 먼저 신경림 선생님을 찾아뵈라고 전격 제안한 것도 이 일련의 일들을 진두지휘했던 것도 박세현 형님이었다. 지금도 그때 생각만 하면 숨이 막힐 뻔하다. 그럼에도 불구하고 이 무겁기도 하고 또 가볍기도 한 '명함' 한 장만 있으면 여자도 만나고 결혼도 할 수 있을 것만 같았다.

▷다음 시집 계획?

시인은 계획이 없다. 다음 시집 계획이란 것도 있을 수 없다. 시는 다른 장르와 달리 계획하고 쓰는 것도 아니고 앉아서 계획하고 구상한다고 시가 나오는 것도 아니다. 하여 시도 시인도 계획이 없다. 시는 언제나 어떤 계획도 없이 온다. 마치 운명 같은 것이다. 그러나 다음 시집 계획? 이미 시집 한 권을 묶어 놓았다. 곧 나올 것이다. 완전 신작 시집은 아니고 일종의 시선집이다. 아주 작은 시집이다. 기존의 시집에 들어 있던 시들과 신작 여러 몇 편을 더한 시선집이다. 이번엔 다소 모험이겠지만 피오디(POD)로 내고 싶다. 조금만 더 말 한다면 오래전에 작고한 어느 선배 시인을 위한 헌정 앨범 같은 것이다. 그동안 시집을 낼 때마다 그 시인과 관련된 시가 두어 편씩 들어 있었다. 얼마 전 우연히 한번 찾아보니 얄팍한 시집 한 권 분량이 될 것 같았다. 그래서 또 이렇게 마음을 먹고 말았다. 언제 또 이렇게 마음을 먹는다면 우리 시가 미처 세계로 나갈 순 없어도 읽으면 확 뒤집어질 만한 시가 많다. 기회가 닿으면 그런 시들을 모아서 한 권 엮고 싶다.

▷[예서의시]는 생소하고 신생하다?

그렇다. 신생하고 생소할 것이다. 이제 막 시작한 시선이다. 앞으로 또 기대할 만한 시선이 될 것이다. 유명·무명작가를 가리지 않고 심지어 등단 여부도 관계하지 않고 오직 작품 중심으로 문을 활짝 열어 놓겠다는 의지를 발행인으로부터 직접 들었다. 작품만 좋다면 시와 시인을 잘 받들겠다는 충정어린 기획 의도도 이미 여러 차례 확인한 바 있다. 좀 어색한 지면이지만 이 자리를 빌려 나 역시 동도제현의 관심과 참여를 기대하고 싶다. 익히 아는 바 시집 원고를 들고 여기저기 기웃대는 시인들의 처지가 참으로 곤혹스러울 때가 많다. 그렇다면 이제 시인은 출판사로부터 독립해야 한다. 이제 시인은 어떤 출판 시스템으로부터 독립해야 한다. 이제 시인은 어떤 고정관념으로부터 독립해야 한다. 시인은 이제 시집을 독립적으로 독자적으로 출판할 의지와 용기도 가져야 할 것이다. 그런 것도 다 시인의 자존심일 것이다. 시인 동지들이여! 시를 더 높이 더 높이 들자! 아니면 아무도 모르게 친구들도 모르게 시집을 출판하자!

▷시는 언제 어디서 쓰는가?

잠자는 시간 외엔 다 시 쓰는 셈 아닌가. 다 그렇지 않은가. 또 시를 안/못 쓰는 시간도 다 시 쓰는 시간 아닌가. 시 없는 시간도 시고 시 있는 시간도 시 아닌가. 운 좋으면 꿈속에서도 시를 쓸 수 있는 것 아닌가. 여하튼 시는 쉬지 않는 것이다. 가령 오늘 시를 한 편 썼다고 오늘의 시를 다 쓴 것도 아니지 않은가. 하여 시는 끝도 없지만 쉼도 없다. 시인이라면 쉼 없이 끝없이 지금 이 순간도 계속 '쓰는' 자일 것이다. 오직 쓰고 또 쓸 뿐이다! 그러나 이젠 이런 말도 어디 가서 할 데가 없다. 그저 이런 자리에서도 조용히 말하고 일어서야 할 것 같다. 매우 슬프지만 시도 시인도 서서히 사라지고 있을 뿐이다. 그리고 때때로 시를 쓴다기보다 시를 두드릴 때도 많다. 시를 두드린다고 말해 놓고 보니 왠지 손도 속도 통쾌하다. 시는 우아한 것도 거룩한 것도 그렇다고 고색창연한 것도 심오한 것도 아니다. 그러나 어떤 경우라도 시의 자존심과 시인의 자존심을 지켜야 할 것이다. 그런 선상에서 말하자면 안방구석이 내 집필 장소이다. 노트북이 거기 놓여 있기 때문이다. 아니다. 내 집필 장소는 내 손안에 든 휴대폰이다. 휴대폰 빈 노트가 거기 있기 때문이다. 때론 휴대폰과 식탁에 앉아 같이 밥 먹을 때도 있을 것이다. 그때 내 집필 장소는 식탁이 될 것이다. 휴대폰과 함께 나선 산책길이라면 그때 내 집필 장소는 또 산책길이 될 것이다. 시의 장소는 딱히 정해 놓은 곳이 없다. 하여 무슨 집필실 같은 곳이 있을 수 없다. 시의 장소나 시인의 자리는 결코 신비스럽거나 은밀하지 않다. 오히려 매우 투명하고 정직하다. 고(故) 이승훈 선생님의 「잡채밥」 같은 시를 읽어보시라!

▷최근 통화한 시인?

지난 봄 시집 나온 직후 이재무 시인, 이승철 시인하고 통화했고 한때 한 동네 이웃이었던 서홍관 시인하고 통화하고 문자도 주고받았다. 그리고 박선욱 시인, 정원도 시인, 박광배 시인, 윤중목 시인하고도 통화 또는 문자했다. 이 시인들과 1980년대 끝자락 작가회의에서 만났는데 오랫동안 관계를 지속하고 있다. 맨 앞의 두 시인과 술이나 한잔 하자고 했는데 시국이 시국인지라 차일피일 미루고 말았다. 그리고 또 일일이 다 밝힐 순 없지만 강원도 후배 시인들과 통화도 하고 문자도 오고 갔다. 특히 그들과 나는 시집이 나오면 서로 주고받기도 한다. 그럼에도 불구하고 시인은 외로운 직종이다. 시인의 외로움은 그 또한 자존심이리라. 그럼에도 불구하고 언제 어디서 소맥 한잔 할 수 있기를!

▷시 이외 관심 분야?

한국 사회, 특히 교육과 정치에 관심이 많다. 교육문제는 일선에서 일하면서 느낀 점도 많고 차마 동의할 수 없는 것들도 많았다. 그리고 정치적 사회적 현안에 대해서도 끝까지 외면하지 않으려고 했었다. 어떤 신념과 이념에 의한 면도 있었겠지만 신념에 치우친 면이 더 많았을 것이다. 어떤 신념을 끝까지 고수한다는 것도 신념에 가까울 것이다. 그런 신념이라 해도 또 끝까지 분노가 살아있어야 가능하다. 때때로 분노가 오히려 신념이 되었을 것이다. 그러다 보니 비판적 사고에 과도하게 사로잡힐 때도 많았다. 그럴 때마다 시가 나를 붙잡아

주었고 나는 시를 꼭 붙잡고 놓지 않았다. 돌아보면 나는 참 이상하게도 문학에 눈 뜰 무렵 거의 동시에 한국 사회의 정치적 모순에 대해서도 눈을 떴다. 내 시와 삶의 노선이 결정되는 순간이었을 것이다. 그 이후 한국 사회의 어떤 답답한 국면들이 시시때때로 끊임없이 나의 내면과 시의 내면에 음습했던 것 같다. 비록 시와 정치는 이질적이지만 나에겐 거의 동시에 순간순간 나타났다 사라지곤 하였다. 그리고 시인이 자신의 내심과 고심을 내려놓을 수 있는 곳도 또 도망갈 수 있는 곳도 시밖에 없지 않은가. (물론 시 밖에서 서성거릴 때도 많았으리.) 여하튼 나의 신념과 분노는 사라지지 않았으나 이제 나의 분노와 신념은 더 머물 곳도 없으리라. 그럼에도 불구하고 이런저런 분노와 신념이 내 시와 삶의 출구이며 입구일 것이다. 때론 출구 없는, 퇴로 없는 입구일 것이다. 나의 무문관(無門關)이여! 할!

▷이번 시집은 몇 번째 시집? 소회는?

통산 아홉 번째 개인 시집이다. 딱히 소회를 품을 겨를도 없었다. 지난 4월 초 요 바로 앞의 시집을 택배 상자로 받을 즈음 이미 1부의 시들을 차곡차곡 쌓아놓고 있었다. 시집 나오면 가령 몸조리라는 것도 좀 해야 할 텐데 그럴 틈조차 없었다. 마치 산후조리원 한쪽 구석에서 산모복을 걸치고 앉아 또 시를 쓰는 행색이었다. 조리원에 콕 처박혀서 시인들한테 신간 시집을 보내 놓고, 또 이 시집에 매달리곤 했었다. 그리고 4월 한 달이 훌쩍 지나갔고 어느새 시집 한 권 분량이 옆에 있었다. 시도 나도 꼭 붙어살았다. 시는 나를 바라보고 나는 시를 바라보면서… 시는 나의 몸조리를 도와주었고 나는 시의 몸조리를 도와주었다. 아무튼 이번 시집은 기름기를 다 뺀 것 같다. 굳이 또 말하자면 그런 기름기 같은 것도 이젠 시 앞에서 다 썩은 고기 같은 잡념이거나 우상이리라.

▷표2 작가 소개 보면 '북토크' 관여하던데 잘 되는가?

아직 명함조차 만들지 못했다. 농담이다. 명함을 만들어 돌릴 일은 아니다. 먼저 뭐가 잘 되겠는가? 솔직히 말해 회원은 나 혼자다. 그렇다고 나 혼자 하겠다는 것은 아니다. '북토크'니까 도서관 구석방 하나 얻어 텍스트 시집에 관해 편안하게 토크도 하고 독후감도 서로 나누는 '시-수다' 같은 것이다. 암튼 생각은 거창하고 화려하였으나 시국이 이러하니 한 발짝도 못 떼고 시절 인연을 기다리는 중이다. 그러나 회원이 단 한 명이라도 성원이 되면 도서관 앞 계단에 앉아서라도 화려하고 거창하게 출범할 것이다. 수많은 콘텐츠와 아이디어가 꼬리를 물고 있지만 도서관 계단 앞에서 마냥 기다릴 뿐이다. 문학이든 인문학이든 구경꾼 노릇이나 하자는 게 아니다. 가령 요리나 등산을 백 번 구경하는 것보다 내가 직접 동네 산을 오르고 라면을 한번 끓여보는 것이 더 중요하듯이…. 그러나 사업 구상은 그럴 듯해도 문학, 특히 시 관련 사업은 다 망했다. 그렇다 해도 가게를 엎을 순 없지 않은가? 그래서 가게 문이라도 열어 놓으려는 것이다. 가게 문을 열어 놓고 혼자 돌아앉아 가게를 바라볼 때도 있을 것이다. 마치 자기가 쓴 시를 자기 혼자 조용히 읽을 때처럼…. 시인의 운명이 그렇고 시의 운명이 그렇게 되었다.

▷커피 좋아하는지? 술 좋아하는지?

술! 그러나 술 얘기는 하기 싫은 것 중 하나다. 술은 역시 마시는 것이지 얘깃거리는 아닌 것 같다. 또 개인적으론 술에 관해 실수한 것도 많고 오죽하면 가장 피하고 싶은 것 중 하나가 술에 관한 것이다. 그러나 또 제대로 피하지도 못하고 우물쭈물하는 것도 술인 것 같다. 술에 관해선 시도 몇 편 썼겠지만 시가 되지 못한 술은 또 얼마나 많겠는가? 잘못한 술도 많고 되돌아보기 싫은 술도 너무 많을 것이다. 이 질문도 차라리 커피로 바꿀까 했었다. 하여튼 술을 먹고 필름 끊긴 적도 있었다. 아주 오래 전이겠지만 술 먹고 결혼 예물시계도 잃어버렸고 술 때문에 모 경찰서에 다녀온 적도 있었다. 그럼에도 불구하고 술은 나의 삶과 문학에 있어서 떨어뜨려 놓을 수 없는 내연 관계일 것이다. 지금도 누가 술 마시자 하면 미처 피하지도 못할 것 같다. 이젠 술을 많이 마시지도 못하고 또 편하게 마실 시간도 없다. 그저 두어 달에 한 번 통음할 정도다. 말은 이렇게 해도 또 술 앞에 가면 조급할 것만 같다.

▷현 단계 한국 문학 장에서 시의 문제점?

차라리 아무 문제없다. 여전히 시는 쏟아지고 시인은 또 시집을 내고 각종 문예지는 출간되고 신춘문예는 다가오고 시는 읽히지 않고 연말엔 각종 문학상 수상자가 결정되고…. 앞으로도 계속 그렇게 또 쭈욱 흘러갈 것이다. 오히려 아무 걱정이 없을 것이다. 그저 같은 업계 종사자끼리 어쩌다 계간지 지면에서 마주치게 되면 눈인사라도 하면 그만이다. 이제 더 이상 결코 시는 유망 업종도 미래 산업도 아니다. 더욱이 '나이 먹은' 시나 시인은 뒷방에 콕 처박혀 한 발짝도 나오면 안 된다. 이미 패망한 제국의 유물이 되었다. 노인들이 앉아서 점심 내기하는 화투장과 같은 것이 되었다. 화투장은 점심이라도 나오는데 시는 점심은커녕 아예 굶기기 일쑤다. 그러나 돌아보면 시가 언제 도박이나 오락이 되었던 적은 있었던가? 그런 것도 시의 자존심일 것이며 그런 자존심만 겨우 남았을 뿐이다. 한숨을 짓거나 억울할 일도 아니다. 시는 소통과 이해도 더구나 해석도 아니다. 과거도 미래도 심지어 현재도 아니다. 시는 다른 무엇이 아니라 오직 '쓰는' 일만 남았을 뿐이다! 러시아의 어느 작가 말마따나 진정한 언더그라운드는 주류의 일부조차 될 수 없다. 그런 것도 다 시인의 자존심과 관련된 것 아니겠는가? 시는 결국 또 그런 시인들의 그런 분비물 같은 것이 아니겠는가? K 팝, K 무비, K 푸드, 심지어 K 방역이란 말은 들어봤지만 K-시는 아직도 요원한 것 같다. 그러나 한 번만 외치고 싶다. 한국 시여! 기필코 영원하리라!

▷인공지능 시대, 시의 활로?

  활로 없다. 그냥 인공지능 앞에 무릎을 꿇을 것 같다. 아니면 인공지능 앞에 무릎 꿇은 채 시를 써야 할 것 같다. 인공지능 시대가 아직 도래하지 않았지만 이미 많은 시인들이 종적을 감췄거나 미사리쯤으로 밀려나 있다. 가령 문학잡지에서 시인들의 명단이나 신작시를 읽어 보면 단순한 세대교체뿐만 아니라 무언가 짐작할 수 있는 게 너무 많다. 인공지능이 문단에 등단하기도 전에 모든 판이 바뀌었고 또 거침없이 바뀔 것이다. 그리고 중요한 것은 인공지능을 맞이하는 것도, 인공지능과 싸우거나 심지어 함께 살아야 할 세대도, 문단뿐만 아니라 지금 이 땅의 교체된 세대일 것이다. 거듭 말하지만 인공지능이 나오기도 전에 이미 '나이 먹은' 많은 시들이 젊은 시인들 앞에서 어느 시인의 단언처럼 '한심한 종잇조각'으로 구겨져 버렸다. 어느덧 가요계뿐만 아니라 문학판도 다 뒤집어졌다. 더 뒤집어질 것이다.

▷문단에서 주목하고 싶은 선배 또는 후배 시인? 그와 관련된 에피소드?

그는 나보다 나이도 세 살 많고 시집 열한 권, 산문집 일곱 권을 펴냈다. 그러나 그런 것보다 시인의 복무기간을 따로 정해 놓은 것은 없지만 그는 1980년대 시인임에도 불구하고 지금도 최전방에서 총구를 겨누고 있다는 사실이다. 그러나 뭐 그런 것보다 그는 내 시를 꼼꼼하게 읽어주고 나의 음주 제안을 거절하지 않는다. 그와 술자리를 하다 보면 항상 즐겁고 경쾌하다. 다른 술자리에선 그런 술자리 차마 흉내 내기도 어렵다. 그와 앉았던 술자리가 어느덧 40여 년 흘러갔다. 술자리에서 나누었던 대화편을 책으로 엮으면 아마 대여섯 권은 족히 되고도 남을 것이다. 그리고 무엇보다 그 술자리에서 빼곡하게 나누었던 대화의 99퍼센트는 문학과 관련된 사료들이었을 것이다. 암튼 술자리에서 그와 나는 술잔을 부딪치고 술잔을 부딪치면서 문학적 발언을 직접 주고받는다. (잠깐 40여 년 동안 딱 한 번 정도, 언쟁이 있었을 뿐 이를 테면 부부싸움 같은 것도 없었다.) 그리고 또 그때그때 정치적 이슈에 대해서도 짤막하게 주고받는다. 구의회 의원도 국회 모 상임위 소속도 아니면서 날선 공방을 주고받을 때가 많다. 요샌 가방을 바꿔들었는지 정치적 사안에 대해 그가 공격할 때가 많고 내가 수비수가 될 때도 많다. 그러나 뭐 그런 것보다 가끔 생(生)초고 신작을 문자로 주고받는다. 좀 다른 말이지만 문자를 주고받다 보면 1초도 기다리지 않고 급 문자가 오고간다. 그러나 또 그런 것보다 그가 그의 '박세현 사단' 1인자라면 내가 그 사단의 2인자라는 것도 털어 놓을 때가 되었다. 물론 그 부대는 이미 오래 전에 해체되었고, 늙은 현역 둘이서 철책도 지키고 2교대 불침번도 서야 할 때가 많다. 가끔 침상 끝에 마주앉아 '시의 안부'를 묻곤 한다. 끝으로 그의 시에 대해 한 마디 덧붙인다면 그는 이미 한국 시가 가지 않은 길에 들어섰다. 그 길은 웃음과 비웃음이 복잡하게 뒤섞인 희화화의 길이며 이른바 한국 시의 양대 진영, 그 어디에도 속하지 않은 길이다. 그리고 그 길은 또 그가 개척하고 획득한 그의 장르 같은 것이다. 그는 이제 스스로 시가 되었고 비로소 그의 미학을 성취하였다. 그러나 그는 또 그의 시에 머물지도 않고 종종 그의 시 바깥에서 배회하는 것 같다. 때론 그가 그의 시 밖에서도 잘 보이지 않아 한참 찾다 보면 중국의 어느 선승처럼 물구나무 선 채 나를 놀라게 한 적도 한 두어 번이 아니었다. (추신: 어제 오후 그와 함께 상계역에서 당고개역까지 거닐었고 다시 상계역 근처 노천 주점에 앉아 소주 한 잔 섞은 오백 두 개씩 마시고 일어섰다.)□